Illustration

角田 緑

CONTENTS

悪魔と

序

漆黒の空を帚星《ほうきぼし》が走る。アメジストに輝く尾を引いて、地上へと一直線に墜《お》ちていく。

それは禍々《まがまが》しくも美しく、目にした者は例外なく心奪われた。

しかし、些細《ささい》な情報も共有される現代にあって、この帚星のことは一切話題に上らなかった。いかなるレーダーにも検知されることなく、目にした者も地上に視線を戻した瞬間に忘れてしまい、胸の奥に漠然《ばくぜん》とした不安だけが残った。

星は地上に墜ち、カッと強い閃光《せんこう》を放った。瞬間的な圧力に周囲のものは吹き飛び、光は急速に集束して真っ黒な闇となる。

「我を呼んだは、おまえか」

凛《りん》と通る声が発せられ、闇は人型を整えていく。

長く艶やかな黒髪、アメジストの瞳、たくましく均整のとれた体躯《たいく》。身にまとっているのは、黒くて長い腰布と装飾品だけだった。人のような姿形だが、両の側頭部からは羊とも牛ともつかぬ角が生《は》えており、背には大きな黒い翼がある。地面に描かれた怪しげな図形の中央に浮かぶ、美しき異相。

それは確実に人間ではなかった。

「悪魔……なのか？」

男がひとり、尻もちをついた状態で呆然《ぼうぜん》とその姿を見上げて問う。

「よくぞ我を呼び出した。褒美《ほうび》に望みを叶えてやらぬでもない」

闇の化身は、唇を笑みの形に引いた。

男は途端に前のめりになり、ぎらついた目で訴える。

「な、なんでも、なんでもいいんだよな⁉　俺を、この俺を馬鹿にした奴らを皆殺しにしてくれ！　あんなクズども、みんなみんな苦しんで悶《もだ》え死ねばいい！」

呪詛《じゅそ》の言葉は異様に力強かった。

「なるほど。面白い。しかし、人の魂にはそれに相応する分というものがある。おまえの魂では、ひとりを殺すのがやっとだ。一番殺したい奴の名を言え」

「分……。おまえも俺を馬鹿にするのか⁉　呼び出したのは俺だ！　俺が主人だ！」

「なにゆえ我を使役《しえき》できると思う？」

「だって、ネットで見たから。この魔方陣《まほうじん》だってネットで……。悪魔は呼び出した奴の言うこと聞かなきゃダメなんだろ⁉　おまえ、俺に呼ばれて出てきたんじゃないか！」

「確かに呼び出し方は間違っていない。しかし、使役しようというのであれば、使役するもの以上の知識を持たねばならぬ。何事にも努力と度量が必要だ、とは、ネットとやらに書かれていなかったか？」

冷たく整った顔に、残忍な笑みが浮かぶ。

「お、俺を馬鹿にするな！　俺は……できるんだ、なんだって。頭もいいんだ。……馬鹿な奴らが俺を妬《ねた》んで正当に評価しないだけだ！」

自分の正当性を訴える声は虚空に吸い込まれる。

「貴様は我が主《あるじ》に能《あた》わず。これは正当な評価だ。我の気が変わらぬうちに、殺したい奴の名を言え。さっさと言え。これ以上不快な声を聞かせるな」

静かに凄《すご》む気迫に男はずるずると後ずさる。

「あ、あ……」

口をパクパクさせて、悲鳴ともつかぬ細い声を上げ、男は一目散に逃げ出した。

逃げる後ろ姿をしばし見つめていた黒き者は、溜息の代わりに翼をひとつ大きく羽ばたかせた。途端に、糸を切られた操り人形のように男は崩れ落ち、不自然な体勢で地に伏して、ぴくりとも動かなくなる。

「覚悟もなく我を呼び出すなど、貴様の命ひとつでは到底贖《あがな》えぬ大罪だ……人間どもにとってはな」

ニヤリと笑い、手を高く掲げた。その手のひらに小さな光の珠《たま》が吸い寄せられる。

「知識は使いこなせなければ意味がない。己の分を辨《わきま》えさえすれば、愚者も賢者になれるものを……。簡単に知識だけが手に入る堕落《だらく》の仕組み。この世はすでに滅ぶ準備ができているらしい。そのために我を降ろしたか？」

天を見上げ、不敵に微笑む。光の珠にガリッと歯を立てれば、赤い液体が滴《したた》り落ちた。

「薄い」

不満げに吐き捨てて、夜空に高く舞い上がる。見下ろせば、闇は光に浸食され、深夜だというのに異様に明るかった。

「塗り潰すか……。闇は我が眷属《けんぞく》。どこまでも真っ黒に……」

終末、混沌、狂乱——。

真っ赤な唇は笑みの形に広がった。

一

生きたい、と思うのが人の本能なら、死にたい、と思うのはなんなのだろう。

静内劫《しずうちこう》は白菊《しらぎく》で美しく飾られた祭壇を見ながら、ぼんやりと考えた。

細身に黒のスーツをまとい、背筋を伸ばして立つ姿は、傍目《はため》にはぼんやりしているようには見えない。

明るい髪のマネキンに喪服《もふく》を着せたようなアンバランスさはあったが、それを気にする者はいなかった。

僧の読経《どきょう》は低く朗々《ろうろう》と響き、劫の思考をさらに内に向かわせる。

人は生き、必ず死ぬ。なにを思い、なにを為《な》そうと、必ず死ぬ。それはただ繰り返される自然の摂理《せつり》。

なぜ人だけが必要以上に死を恐れ、死を望むのか。なぜ淡々と生きて淡々と死ぬことができないのだろう。

——どうせいつかは死ぬのに……。

劫はやっぱりぼんやりと思う。

葬祭ディレクターという仕事上、毎日のように人の死に接する。死が近いから恐れる気持ちが薄いのか、だからといって死に逃げ込みたいとも思わない。

劫にとって生きることは味のないガムを噛み続けるようなものだった。時々、もういいかな……と思うこともあるが、そういう時には必ず聞こえる声があった。

『生きて……命尽きるまで』

心に直接囁《ささや》きかけてくる優しく力強い声。物心ついた時から時折聞こえるその声が、どこから聞こえる誰の声なのか、知る術はなかった。

幼い頃は父の声なのかもしれないと思っていた。両親の顔を知らない劫にとって、声から感じられる温もりは貴重なものだった。

しかし、大人になるとその声も少々お節介に聞こえる。

――生きるよ、死ぬまではね。

そう淡々と言い返すのが常になっていた。

だが、それが劫にとって貴重な「自分への声」であることに変わりはなかった。

『わしゃ、玄孫《やしゃご》の顔が見たかったんだがなあ……』

嗄《しわが》れた声が耳に飛び込んできて、劫は祭壇の棺《ひつぎ》へと目をやった。

その声は確かに棺の中から聞こえてきたが、劫より棺の近くにいる僧侶も、会場にいる誰ひとりとして反応を示さなかった。

これも劫にしか聞こえない声だ。しかし、この声はちゃんと耳から聞こえ、誰が言ったのかもわかる。人に聞いてもらうことを期待していない独り言のようなトーンだった。

「そんなのはただの贅沢《ぜいたく》ですよ。こんなに恵まれた別れはありません。潔く成仏してください」

劫は口元で囁いた。声の主に届くかどうかはわからなかったが、なにか返さずにはいられなかった。

『そうじゃな』

笑いを含んだ返事があって、劫は嬉しくなる。しかしそれっきり声はしなくなった。潔く眠りについたのだろう。

葬儀社に勤めて七年になるが、死して話ができるのは、長く生きたり長く患《わずら》ったりして、すでに死を受け入れる覚悟のできている人だけだった。だからそう頻繁にあることではない。

劫は一歩前に出て、スタンドマイクに口を近づけた。

「それではご会葬の皆様、順次ご焼香《しょうこう》をお願いいたします」

読経の邪魔にならないよう、静かな声で告げる。

慣れない喪服を重そうに着た人々が順に立ち上がり、祭壇の前に歩み出て、故人に別れを告げていく。

劫にとって黒いスーツは制服のようなものだ。普段はワイシャツにスラックスで、上からジャンパーやカーディガンを引っかけて仕事しているが、葬儀の時には必ず黒いスーツを着用する。

一般の会葬者との違いはグレーの幾何学模様が入ったネクタイと名札、そして白い手袋。これらは支給品だが、スーツは自前だった。

劫は平均的な身長にやや細身という体つきなので、サイズ的に既製品のスーツで困ることはない。高級感より清潔感を重視し、安めのものを多く持っている。金銭的な都合もないわけではないが、黒も割と汚れが目立つので、数を多くしてまめにクリーニングに出すようにしていた。

それでも線香の匂いはすぐに染みついてしまう。請け負う葬儀は圧倒的に仏式が多かった。

身だしなみには気をつけている劫だったが、元々明るい色の髪をわざわざ黒く染めることはしなかった。

少々ウエーブのかかった髪はこざっぱりと切り揃えられ、本来ぱっちりした目は常に伏し目がちで、長いまつげが白い頬《ほほ》に影を落としていた。すっきりした愛らしい顔立ちなのだが、口の端は常に下がりがちで表情は暗い。

葬儀屋には相応しい暗さだが、それが生来のものだったか、葬儀屋になってから身についたものだったか、劫自身にもうわからなかった。しかし生涯この仕事を続けていくつもりなので、どちらでも問題はない。

ずっと暗いまま、何歳まで生きるかわからないが、ずっとこのまま……だと思っていた。

だから、今日の葬儀の故人のように百歳を超えるほどの長生きは望んでいない。

しかし、羨ましいとは思う。さっき本人にも言ったが、こんなに恵まれた別れはない。送る側も送られる側もすでに死を受け入れる心づもりができていて、多少の涙はあるものの、胸を切り裂かれるような悲痛な叫びはない。静かで穏やかなお葬式。

曾孫《ひまご》にまで送ってもらえる幸せな最期《さいご》で、それでもまだ未練があるというのだから人の欲には限りがない。だが、それがあるからこそ最期の時まで活き活きと生きられるのだろう。

劫は今死んでも未練なんて感じられそうになかった。

葬儀は劫の司会で淡々と進んでいく。

スレンダーな体型に可愛い顔立ち、ストイックな雰囲気。人目を集めそうな容姿の司会者に、参列者は誰ひとりとして興味を持ってはいなかった。

それは葬儀という厳粛《げんしゅく》なシチュエーションのせいばかりではない。劫は昔から、人に特別な関心を持たれることがまったくなかった。とにかく存在感が薄いらしい。

道で人に声をかけられたことは一度もないし、同級生に無駄話をふられるということもなかった。いい意味でも悪い意味でも関心を持たれることはなく、いてもいなくても特に問題はない、そんな存在だった。

それを寂しいと思っていたのは思春期の頃まで。自分から積極的に話しかけたり、ちょっと突っかかってみたり、悩んでいろんなことをしてみたのだが、すべて適当に受け流されて終わりだった。

二十五歳になった今ではもう孤独にも慣れた。この仕事がある限りは生きていくのに困ることはなさそうだし、自分に向いているとも思うので、勤める葬儀社が潰れないよう日々誠実に仕事に励《はげ》んでいる。

出棺を見送り、葬儀は滞りなく終了した。劫はひとりで会場の後片付けに取りかかる。

小さな葬儀社なので人員に余裕はない。黙々と作業し、手際よく会場の撤収を終わらせた。

後は最後確認をして斎場の管理者に終了の報告をするだけ。その前に一息入れようと、劫は缶コーヒーを手に裏口から外に出た。

すでに日は西に傾き、空は茜《あかね》に染まっていた。裸の桜の木はかなり蕾《つぼみ》が膨《ふく》らんでいたが、風が吹き抜ければ少々肌寒さを感じる。

しかし心はほのかに温かだった。こんな気持ちで葬儀を終えることは少ない。

子供に孫に曾孫、親族だけでもすごい人数に囲まれて故人は旅立っていった。それは故人が生きてこの世に残した功績でもある。

自分はきっとなにも残すことはないだろう。誰かに見送られることもないかもしれない。しかしそれでかまわなかった。葬儀屋が言うべきではないが、劫自身は葬儀を特に必要なものだとは思っていなかった。

葬儀は死んだ人のためであると同時に、残される人のためのものだ。別れを悲しみ、送り出し、また歩き出すための区切りの儀式。

動物が死して弔《とむら》われることなく土に還《かえ》ったとして、それをむごいと思う人はいないだろう。人だけが特別なのだ。

その特別に自分は含まれていない気がする。だからといって、人以外のなにかであるとも思っていない。

周りの人が自分に関心を向けないように、劫自身も自分にあまり関心がなかった。

自分は、淡々と生きて淡々と死んでいくことができる、希有《けう》な人間なのだろう。

劫は壁に背を預けて、コーヒーを一口飲んだ。ホッと息を吐き出して、空に向けていた視線を地上に落とす。が、途中でなにかに引っかかった。少し離れたビルの屋上に視線を戻し、それを凝視する。

「……人？」

視力はよすぎるほどで、見たくないものまで見えてしまうのだが、今、目を疑っているのは視力の問題ではない。

百メートルほど先の七階建てのビルの屋上、その防護柵の上に人影があった。光の加減か真っ黒に見えるが、それは確かに人が立っている形だった。

でも、あんなところに人が立てるのか……？

柵の上で微動だにしないのを怪訝《けげん》に思いながら、それでも劫は走り出していた。

着いたのはビルの裏手で、目に付いた非常階段に駆け寄り、迷わずそれを駆け上がる。しかし、立ち仕事や力仕事は多くても運動はまったくしていない身に、七階分の階段走破は厳しかった。最後は息も絶え絶えで膝《ひざ》を震わせ、なんとか屋上に出た。

まだそこに人影はあった。やはり見間違いではなく、不安定な柵の上に長身の男が立っていた。

腕を組んで街を見下ろす後ろ姿だったが、それが男で、かなり美しい姿形をしていることは疑いようがない。

長く艶やかな黒髪は風になびき、首から肩、背中への理想的な筋肉のラインを露にしている。引き締まった腰はたくましくもどこか艶めかしく、下半身は黒い腰布に覆われていたが、風でめくれて片足の膝下だけが見えた。

非の打ち所のない完璧なボディスタイル。しかしそれを賞賛する気持ちより、異様なものを見る警戒心の方が先に立った。

上半身裸で腰布を巻いて屋上の柵の上に立っているのだ、絶対ヤバイ人に違いない。薬でラリッちゃっている人なら、自分の手には負えない。

「な、なにをしているんですか？」

それでも一応声をかけてみた。驚かさないよう用心深く。ほんの少しでも足を滑らせたら悲劇的なことが起こる。自分のせいで葬儀になるなんて、そんな営業を行う気はない。

男は顔だけゆっくりと振り返った。

その横顔を見て、劫は息を呑んだ。美しさに目が釘付《くぎづ》けになる。

彫りの深いはっきりした目鼻立ち、切れ長の目、澄んだアメジストのような瞳。感情の窺《うかが》えない冷たい顔にじっと見つめられると、魂が吸い取られるような気がした。心ごと持っていかれそうになる。

これは危険――本能がそう告げる。

「情報収集だ」

男は口元に笑みを浮かべてそう答えた。言葉ははっきりしていたが、意味はわからない。

やっぱりおかしな人なのか。姿形はきれいなのに、もったいない。

「あの……とにかく、危ないから下りた方がいいと思います」

それさえ見届けたら帰ろう。そう決めて、早く下りてくれと願うのだが、男は軽業師のように柵の上でくるりと身を翻《ひるがえ》した。

「わっ！」

劫は驚いて思わず一歩踏み出したが、男は向きをこちらに変えただけで危なげなく同じ位置に着地した。ホッと力が抜ける。

男のバックにある夕焼けは、いつしか禍々しく色を変えていた。じっと見下ろされて、射竦《いすく》められたように動けなくなる。

「おまえ、我が見えるのか？」

そう問われて、やっぱり……と思った。

これは人に見えるはずのないもの。見えてはいけないものなのだ。

昔からたまに変なものが見えた。魂や霊といったものはぼんやりと、妖怪や魔物といわれる異形のものははっきりと、人となんら変わりなく見える。

——これは、なんだろう……？

完全なる人型だが、人でないのであれば、これはかなり悪しきものだ。

人を惑わす邪悪なものほど美しい姿形をしている。惹《ひ》きつけられ、不安を掻き立てられ、どうしようもなく胸が騒《さわ》ぐ。

答えも返さずただ見つめていると、ブワッと圧力を感じて、劫は反射的に手を掲げ、我が身を庇《かば》った。圧が消えて顔を上げると、空を覆い隠すような黒い翼が目に入る。そして頭の両側には二本の角。翼を羽ばたかせると、重そうな体はふわりと舞い上がり、劫の前に降り立った。

日本人としては鬼と表現したいところだが、これはどう見ても西洋的なアレだ。

「あ、くま……」

「変なところで切るな、繋《つな》げろ」

悪魔に突っ込みを入れられる。どうやら現代日本語は完璧のようだ。

同じ高さで向き合えば、劫より二十センチ近くも背が高く、百九十はありそうだった。艶やかな黒髪は胸のあたりまであり、肌は真珠色《しんじゅいろ》。どこか品のある顔立ちをしている。

翼と角さえなければ、西洋か中東かの貴族様といった感じだ。いっそ、そう思い込みたかったが、無視するには存在感がありすぎた。

「ほう、これでも顔色は変わらぬ、か……。おまえ、変な人間だな」

悪魔はアメジストの瞳で劫を探るように見る。

「変って言われても……。驚いてますよ、ものすごく。もしあなたが本当に悪魔なら、もっと北の方の、西か東の国に行くと、きっとしっくりくるでしょう。日本は主に仏教か神道の国なので、悪魔っていうのはちょっと……。まあ、どこの国でも歓迎はされないと思いますが」

怖がるにも現実味がなさすぎて、かえって淡々と声が出た。

「国や宗教などという、人が作り出したものに縛られてやるほど、我は親切ではない」

冷笑を浮かべたきれいな顔が近づいてくると、少しばかり危機感が込み上げてきた。

「飛び降りじゃなかったのなら、よかったよかった。じゃあ俺はこれで」

本当に悪魔なのか、ただのおかしな人なのかは定かではないが、どちらにせよ関わらないに限る。踵《きびす》を返した劫の前に、悪魔は身軽に立ちはだかった。

「我と平然と話せる人間に会うのは久しぶりだ。おまえ、なにか願いがあるなら叶えてやるぞ？　言ってみろ」

平然としているつもりはない。顔や態度にそれが出ないだけだ。

しかし、劫にとっても、こうして真正面から顔を見合わせて誰かと話をするのは久しぶりのことだった。仕事の話以外では皆無と言ってもいい。

だからといって、お話ししましょうという気にはなれない。

「悪魔に叶えてほしい願いなんてありません」

はっきりと言った。機嫌を損ねては危険なのでは、と思ったが、悪魔相手に曖昧《あいまい》な返答をしてもしょうがないだろう。

「賢い人間は嫌いではないが、無欲な人間はつまらぬ。遠慮せずに言ってみろ」

死ぬまでは生きる。最低限叶えたいのはそれだけだ。もちろん他に願いがないわけではないが、悪魔に願ってまで叶えたいとは思わない。

「いかにも俺はとてもつまらない人間なので、どうかかまわないでください」

自分で自分をつまらないと言って、微妙に傷ついている。今ここで自分が死んだとして、本気で悲しんでくれる人間が何人いるか……。ひとりはいるはずなのだが、自信はない。

今さらこんなことを突きつけてくる悪魔が恨《うら》めしかった。

「おまえ……やはりなにかおかしいな」

「俺は普通です。普通すぎて埋もれているだけです」

「普通？　普通……ではないだろう、これは」

悪魔は劫に向かって手を伸ばした。なにをされるのかと身構えた劫の目の前で、その指がバチッと弾かれる。静電気が起こったように見えたが、劫に痛みや衝撃はなかった。悪魔が帯電するというのもなんだかおかしな話だ。

「今の、なに……」

劫は戸惑いつつ悪魔に訊《たず》ねたが、悪魔はニヤッと笑うだけ。そして弾かれた指を再度進める。今度は難なく劫の頬に達した。

触れられた瞬間、今度は劫の体の中に電気のような衝撃が走った。

「ほお……。触れられたのは久しぶり、か？」

なぜそんなことがわかるのかと、疑問を抱く前にうなずいていた。

こんなふうに触れようという意思を持って誰かに触れられたのは、ずいぶん久しぶりのことだった。この前に触れられたのは、高校を卒業する頃、触れたのは劫にとってたったひとりの友達だった。

自分を見て、自分に触れる人がいる。それだけで胸が高鳴った。相手がたとえ怪しい人外の生物であっても。気恥ずかしいような嬉しいような怖いような……複雑な感情が込み上げてきて、逃げ出したいのに手を払いのけることすらできない。

両親は物心つく前に亡くなり、引き取られた養護施設ではたくさんの子供の中のひとりだった。誰かに特別な愛を注がれたことはなく、いじめられたり、のけ者にされたりしたこともなく、ただ淡々と、人の中で孤独に生きてきた。家族の愛は知らないし、恋人なんてもちろんできたことがない。誰かを頼ったり、助けを乞うたりした記憶もない。

「おまえ、いったい何者だ？」

悪魔は頬に触れたまま、劫の目を覗《のぞ》き込むようにして問いかけた。

「俺は……何者でもないし、きっとこの先も何者にもなれない、ただの人間です。もう離して」

触られただけで感動してしまうような、ちっぽけな人間だ。

心を覗き込むようなアメジストの瞳から、目を逸《そ》らしたいのに逸らせない。触れられるのはそわそわと落ち着かない。

「では我が何者かにしてやろう。我を呼び出した腑抜《ふぬ》けは、満足に願いを言うこともできなかった。そいつの代わりに願いをひとつ叶えてやる。どうなりたいか言ってみろ」

頬から離れた手は、劫の顎《あご》を掴《つか》んで持ち上げた。

「呼び出した腑抜けって、誰か悪魔を呼び出したってこと？　現代日本でそんなことができるの？」

答えられなくて質問で返す。

「呼び出すだけなら、どこの国の誰であろうとちょっとした知識があれば可能だ。しかし、悪魔を呼ぶのにさしたる覚悟もなく、思い通りにならないと知るや怯《おび》えて逃げ出すなど愚《ぐ》の骨頂《こっちょう》。魂はすでにいただいたから、おまえの願いは無償で叶えてやる」

「悪魔に無償とか言われても怖すぎるし。あの……魂もらったって、その人死んだの？」

恐る恐る訊《き》いてみた。まだ悪魔だとか魂だとかいう話には半信半疑なのだが。

「まあ、生きてはいまい」

悪魔はニッと笑って、指を劫の顎から首筋へと滑らせた。慣れない刺激はひどくくすぐったく、首という急所に触れられれば、じわりと恐怖心が込み上げる。

「それは、こ、殺したってこと？」

死は常に近くにあるが、殺した人と対面するのは初めてだ。人、ではないけど。

「我はただちょっと魔力を放出したにすぎない。遊び半分で悪魔を呼び出すような馬鹿は死ななきゃ治らない、ということだ。まあ、死んだら終わりだがな」

ニッと笑う悪い顔。ゾクッとしたのはその表情のせいか、いつまでも触れている指のせいか……。

「あの……もう帰って。魂もらったんならいいでしょ？」

その手を外させようと腕を握《にぎ》るが、力を入れているふうでもないのにぴくりとも動かない。

「もらい逃げでは格好がつかない」

「悪魔もそんなこと気にするの？」

悪魔の実態など知るわけもないが、やりたい放題という印象があった。人間を騙《だま》して魂を奪っても、悪いと思うことなんてない。そういうものだと思っていた。

「悪魔による。その時の気分にもよるし、相手にもよる」

「それはつまり、気まぐれってことじゃ……」

きっとこれは自分の妄想《もうそう》だ。とうとう脳が現実から逃避し始めたのだ。イレギュラーな現象にはわりと慣れているが、荒唐無稽《こうとうむけい》すぎる。

しかし、そう思うにはこの手が……いや、もしかしたら触れられていることさえ妄想なのだろうか。

「おまえの容姿は、人間としては悪くない部類だ。しかし、もてるどころか、誰もおまえに関心を寄せない。違うか？」

その通りだ。目を丸くしていると、悪魔は返事を待たずに口を開いた。

「おまえからは魂の波動がまったく感じられない。だから誰もおまえに興味を持たない」

「魂の波動？」

「人が誰しも少なからず放っているオーラというやつだ。いくら顔がよくても、オーラが希薄な人間に魅力はない。しかし本来、オーラが皆無の人間などいないはずだ。魂の波動こそが人が生きている証だからな」

「え、じゃあ俺、人じゃないってこと？　死人ってこと？」

到底信じられるはずもない。オーラがないと言われても、それはそうなんだろうと納得できるが、そんな人間はいないと言われたら、どう受け入れればいいのか。

悪魔の手が移動して、手のひらを胸の上にくっつけられる。なぜかそれを振り払うことも後ずさることもできず、ただ見守った。

「おまえの魂は封印されている」

「ふ、封印？」

これは夢だ。妄想の域からもはみ出してきた。封印ってなんだ。どこのファンタジーだ。

「魂は波動しているが、それを外に漏らさない殻がある。姿が目には映るが意識に残らない、そんな奴を好きになることも嫌いになることもない。存在感が薄いとすら言われないだろう？　触られないのも当然だ。悪意なく無視され、いない者のような扱いを受けてはこなかったか？」

思い当たることばかりだった。本当に自然に忘れられてしまうのだ。だから集合場所には必ず時間よりも早く行った。遅れたら最後、絶対に待ってもらえない。

「この封印、我なら解けるが？」

悪魔はみぞおちを指さして言った。

「え、解くって……それを解いたら、俺は忘れられない人になれるのか!?」

友達に遊びに行こうと誘われたり、女の人に好きだと告白されたり、そういうことが自分にも起こるのだろうか。

そんなことは望んでいないつもりだったが、可能性を示唆《しさ》されて初めて、諦《あきら》めていたのだと気づいた。

「たぶんな。しかし、なんらかの不利益を被《こうむ》る恐れもある」

「ふ、不利益？　なに、それ？」

「さあ。それは解いてみないとわからない。この封印がなんのために為されているのか……おまえの記憶を探ってみたが、鍵がかかっている。誰が施《ほどこ》した封印なのかも見えない」

「記憶？　え、なに、もしかして、さっきから触ってるのってなんか探ってたの⁉」

やたらべたべたと触ると思ったら、頭の中を探られていたのか。そんなことができるのかと半信半疑ながら、手を払いのけた。今度はあっさりそれができた。

かなり強く払ってしまったが、悪魔は特に気分を害した様子もなく話を続ける。

「どうする？」

「どうするって……」

そもそも封印とはなんなのか。そんなものが本当にあるのか。それを消したら普通になれるのか。この悪魔にそれができるのか。信じてもいいのか……。

「いい。俺は今のままで」

結局、悪魔を信用してはいけないという通俗的な警戒心を優先させた。それに、もう慣れてしまっているから、このままでもそれほど不都合はない。今さら友達に遊ぼうと誘われることはないだろうし、女性に告白されたいという願望があるわけでもない。葬儀屋にはきっと存在感がない方が向いている。そう自分を納得させた。

「そうか。では頼み事をしたい人間を探しに行くとしよう。市井《しせい》の民はおまえのように感度がよくないから、誰にでも我の姿が見えるようにするには、魔力をかなり放出しなくてはならない。当てられて死ぬ者も出るだろうが、筋金入りの極悪人なら自然に引き寄せられる」

悪魔は楽しそうに言った。

劫は疑わしく悪魔を見る。これだって本当のことなのかどうか怪しいものだ。魔力なんて胡散臭《うさんくさ》すぎる。

すると悪魔は翼を大きくひとつ羽ばたかせた。途端にズンッと圧力を感じて、劫は数歩後ずさる。圧迫感に息苦しさすら覚えた。

「これくらいならそうまで人は死ぬまい。阿鼻叫喚《あびきょうかん》の図は、生きている人間が多い方が面白いからな」

その体がふわりと浮いて、劫は慌《あわ》てた。

そんなことができるわけがない、信じないと切り捨ててしまえばいいのだが、人が死ぬかもしれないと思うと躊躇《ちゅうちょ》する。人が死ねば、その周囲で多くの人が悲しむ。それをずっと見てきたから、無責任になれない。

「ま、待って！　待ってください。あの、えっと、どんな望みでもいいの？」

願いひとつ叶えれば帰るというのなら、ここで適当に言ってしまえばいい。魂を取られたり、呪われた身になるとしても、自分なら誰も困らないし悲しまない。

「ああ。なんでも叶えてやるぞ？　金も地位も望むままだ」

「じゃあ、困ってる人にお金を届けてください、でも？」

「アバウトすぎる上に、切実さが足りない。おまえの心からの願いを言ってみろ」

じっと目を覗き込まれた。アメジストの美しい瞳。見てはいけないと思った時にはもう遅かった。心の底に沈めていた願望がふわりと浮き上がる。

「……俺を、抱ける？」

自分で言って、ぎょっとした。今まで誰にも言ったことのない、一生誰にも言うつもりのなかった欲望を、なぜこんな得体の知れない奴に言ってしまったのか。

「いや、今のなし。なしだから」

手を振って慌てて取り消す。

「抱く？　ほう……おまえは男のようだが、抱かれたいのか」

「だから、なしだって」

「簡単すぎてつまらぬが、そうだな、おまえには興味がある」

手が伸びてきて、思わず後ずさった。

劫だって人を好きになったことくらいはある。その相手がかなりたくましい男で、抱かれたいと思っている自分に絶望した。女でも無理そうなのに、男に抱いてほしいなんて叶えられるはずがない。だから早々に諦めて、そんな感情はもう自分の中から抹消《まっしょう》したつもりだった。

「俺、まだ仕事あるから戻らないと。あ、そうだ、階段しんどいから、あそこの斎場まで運んでくれる？

これこそ心からのお願い」

焦《あせ》って曖昧な笑顔でごまかした。

「斎場？　ああ、あの死の匂いがするところか」

悪魔は劫の体を軽々と抱き上げた。そしてふわりと舞い上がる。

「え、ちょ、待って、ちょっと待って、わっ、わ――っ！」

なんの躊躇もなく柵を越え、なにもない空間へと飛び出した。心臓が、股間が、きゅっと竦み上がる。

慌てて裸の胸にしがみついた。

いろんな意味で怖い。高いところも怖いし悪魔も怖い。現実離れしているのに、肌の感触がリアルで、だけどとても冷たくて、それも怖い。

「人を抱いて飛ぶのは久しぶりだ」

悪魔は不安を増大させることを言う。そして急降下。

「う、わ――っ」

劫は息を呑んでぎゅっと目を閉じ、悪魔の首にしがみついた。自分にこんな力が出るのかと驚くほどの力でしがみついていた。

すぐに落下は止まり、ホッと目を開けると目が合って、慌てて逸らした。見られることに慣れない。

「な、なんで浮いてる……の？」

まだ地上まで一メートルくらいあるのに腕から降ろされた。これくらいなら落ちても普通に着地できると、劫は飛び降りる心積もりで足を伸ばした。が、すぐに足がつく。透明の足下はふわふわして、まるでシャボン玉の中にいるようだ。

「地上に降ろすだけではあまりに簡単すぎる。これはサービスだ」

腰を引き寄せられ、顎を取られ、顔が迫る。

「ちょ、ちょっ！　サービスとかいらないから！」

手を顔の前にかざせば、手首を取られて脇に外された。

「拒否権はない。ありがたく受け取れ」

「いらな――」

唇を奪われる。

冷たい唇にゾッとして、唇を舐《な》められてゾクッとする。

やっぱり悪魔なんて最悪だ。結局自分のしたいようにするのだ。殺したければ殺し、犯したければ犯すのだろう。中途半端に信じた自分が馬鹿だった。

閉じようとする口を、顎を掴んで強引に開かされた。深く犯されて、劫はどうしていいのかわからなくなる。

キスなんてもちろんしたことがない。夢想したことはあるが、現実になるとはほんの少しも思っていなかった。

自分がキスをするなんて奇跡だ。しかし相手は人間ではない。それもまた奇跡だが、こんな奇跡は嬉しくない。

口から溢《あふ》れるよだれをどうにかしたかったが、息継ぎすることさえままならなかった。

上顎を舐められてビクッとする。舌が触れ合うと体に電気が走った。

「ん……んっ、ヤッ」

息苦しさに死にそうになって、やっと唇が離れた。肩で息をする劫の口の端を悪魔はぺろっと舐めた。

「く、喰《く》うの？　俺を」

「ああ、喰ってやろう」

また口づけられそうになって、慌てて首を横に振って逃れる。

「お、俺でいいなら、いいけど……ここではやめてください」

喰うという言葉の意味を計りかねながらも場所にクレームをつける。すでに日は落ちて外は真っ暗だが、ここは斎場の中庭だ。神聖な場所だし、劫にとっては仕事場でもある。こんなことをしていい場所じゃない。

式場の片付けは終えていたが、まだ最終点検をしていないし、ここの管理者に完了の報告もしていない。無断で帰るなんて無責任なことは今まで一度もしたことはないが、劫を探している様子はなかった。たぶん、気にもされていないのだろう。「あれ？　おまえいなかったっけ」と言われるのは珍しいことではなかった。

しかし、こんなところで男とキスしていてスルーされるということはさすがにないだろう。

「たまには注目を集めたいだろう？　おまえだって」

「こんなので注目を集めたら、職を失う」

「見られながらというのも気持ちいいものだぞ、おまえは知らないだろうが」

ちっとも話が噛み合わない。見られないことに慣れているから、今さら注目なんて集めたくないし、こんな行為は誰だって見られながらでは落ち着かないはずだ。たぶん。

「嫌だって言って……」

悪魔の手が劫の細い首を掴み、劫は思わず身を固くした。

「人間仕様がいいか？　それとも悪魔仕様を経験してみるか？」

間近に見つめながら悪魔が訊いてくる。

「いや、だから……」

「悪魔仕様がいいのか？」

「に、人間仕様でっ」

返事せざるをえなかった。二択なら人間仕様がいいに決まっている。

でも本当は逃げたい。どうやったら逃げられるのか。逃げたら殺されるかもしれない……と思うと怖くて逃げられなかった、というのは、拉致監禁《らちかんきん》された人の心理としてよく聞く話だった。

拉致も監禁も自分にはまったく縁のない話だと思っていた。そこまで人に興味を持ってもらえるなんて羨《うらや》ましい、などと……人ごとだからこそ思えたのだと知る。

怖くて逃げたいはずなのに、抱きしめられると安堵感に包まれた。それは劫の知らない感覚で、自分の不安定に揺れる感情に戸惑う。

首筋に口づけられると、本当に喰われるのではないかと恐怖がリアルになった。裸の胸を押し戻すが、足下が不安定で巧《うま》く踏ん張ることができず、距離を開けない。

「せ、せめてベッドで……」

初めてはロマンチックに、などという要望があるわけではもちろんない。逃げ出す隙《すき》が欲しかった。

しかし悪魔は聞く耳など持たない様子で、劫のスーツを脱がせていく。

「脱がせにくい服だな」

「だから脱がさなくていいって」

手を止めさせようとするのに、どんどん脱がされてしまう。ドンッと胸を突かれて後ろに倒れる。落ちるのかと身構えたが、背中を透明の膜に柔らかく受け止められた。

いったいこの空間はなんなのか。ドーム型のシャボン玉の中にいるようだ。外は少しぼやけて見え、音は聞こえない。外気も感じない。暗闇に常夜灯の明かりがぼんやり見えた。

体が覆い被さってきて、悪魔の角も翼も消えていることに気づく。収納自在なのかと変なことに感心していると、悪魔の顔が間近に迫り、急に今からされることへの現実味が増した。

ドキドキするのは恐怖心からに違いない。

「や、やめてください」

「楽しいから抵抗していいぞ」

ニヤッと笑われて、無理だ……と悟った。どうやっても逃げられやしない。悪魔が気を変えて逃がす気にならない限りは。

「せめて場所を変えて」

どうしてもここでは嫌だった。今は人の姿も見えないが、見回りをするはずだし、斎場の予定なんてないも同じだ。人の死に予定は立てられない。

「気になって仕方ない、という趣向も楽しいが……。この結界の中は周りからは見えぬ」

このドームは結界らしい。内から外は見えても、外から内は見えない、都合のいい構造。こういうものを昔、どこかで見たことがある気がした。

「これって、マジックミラー号……」

そんなアダルトビデオを友達が見ていたことを思い出した。

「マジックミラー？」

ろくに人の話は聞かないくせに、変なところに敏感に反応する。

「そこは流していいよ。……とにかく、こんなところじゃ、あっ――」

文句を言う劫を黙らせるように、指が肌を撫《な》でた。

脇腹を撫でられただけでゾクゾクするのは、普通の感覚なのだろうか？　それとも悪魔の指だからなのか。自分が慣れていないからなのか。

　撫でられたのは肌の上なのに、体の奥を触られたような気がしたのだ。胸に触られるとその感覚はひどくなり、乳首を摘まれると体が跳ねた。

「いっ……ぁ……」

　神経は体を巡っているのだから刺激されれば感じるのは当然だ。そう思って冷静になろうとするけれど、断続的に襲ってくる快感に身を震わせるしかなかった。

　他人の指というのは、こんなにも翻弄《ほんろう》するものなのだろうか。人に触れられることさえ初めての劫には比較する材料がなにもない。自分の反応が普通なのかわからず、いちいち反応する体が恥ずかしくて居たたまれなかった。

　今までの人生、本当になにもなかったのだ。

　学生時代は、施設と学校を往復するだけの毎日だった。施設でずっと一緒に育った幼なじみだけが、ひとりの人間として劫に向き合ってくれた。劫にとっては唯一無二の親友だったが、向こうにとってはたくさんの中のひとりにすぎなかったのかもしれない。高校を出ると疎遠《そえん》になってしまった。

　他にも休み時間に話す程度の友達ならいた。話しかければ答えは返ってくる。遊びに行こうと話している輪の中にいれば参加することもできた。誘われることはなかったが、邪魔にされることもない。いてもいなくてもどうでもいい、自分はそういう人間なのだと、もう諦めていた。

　高校生の時、アダルトビデオを見たのも、そういう集まりの中にたまたまいたからだった。アダルトビデオに興味があったわけではなく、友達の家に集まるということに興味があったのだ。

　その時見ていたビデオの中に、マジックミラーに囲まれた部屋の中で女の人がイヤらしいことをされる、というものがあった。

今でもそれを覚えているのは、その状況がまるで自分みたいだと思ったからだ。

表から見ると鏡だが、裏から見るとガラスというマジックミラー。それに四方を囲まれれば、中から外は見えるが、外から中は見えない空間ができあがる。

その中で裸の女の人によからぬことをして、すぐ外を通勤の人々が真面目な顔で歩いている、そんな対比を面白がる企画ものだが、劫にはなにも面白くなかった。

女性に興味がないという性的な嗜好《しこう》の問題ではない。誰も自分を見ない、声を出しても届かない、そんな状況に置かれることのなにが楽しいのかさっぱりわからなかった。

二十五年間、マジックミラーに囲まれた中にいた、というのは言いすぎだろうが、劫の感覚としてはそんな感じだった。箱の中に劫はひとりぼんやりと立っていて、周りの景色だけが楽しげに流れていく。目も合わない、こちらに手を伸ばしてくる人もいない。

だから、たとえ相手が悪魔でも、自分を見て、自分に手を伸ばし、触れてくれる。それが嬉しかった。

最初に「見えるのか？」と訊かれた時もドキッとした。自分に声をかけてくれたということもだが、自分と同じ気持ちを知っている人のような気がして。

しかし彼は、自分の世界に帰れば、ちゃんと見てくれる相手がいるはずだ。やっぱり自分とは違う。

それでも、触れてくる手を拒むのは難しかった。

人間仕様も悪魔仕様も劫にはよくわからないが、舐められたり撫でられたり吸われたりしているうちに、息が上がって頭は朦朧《もうろう》としてくる。

どうやって拒めばいいのかもわからず、本当に拒みたいのかもよくわからなくなってきた。

こんな場所で、こんなこと……絶対によくないというのはわかるのだが。こんな自分を見ても周りはスルーするのか、それが知りたい気もした。

でももちろん、結界を解いてくれと言う勇気はない。

劫はなけなしの勇気を振り絞って、悪魔の背に両手を回した。

「諦めたか？」

悪魔は劫の胸を舐めていた顔を上げ、フッと微笑んだ。悪魔の微笑は、ただの人間には毒だ。心を鷲掴《わしづか》みにされる。

「諦めたんじゃ、ない。……決めたんだ」

堕《お》ちてみる。もうそれでいい。

アメジストの瞳をじっと見つめて言えば、悪魔はスッと目を細め、なにかを思い出すように照準を曖昧にした。しかしそれは一瞬で、すぐに劫に焦点を戻すと口の端を引き上げる。

「では、堕としてやろう。快楽の淵《ふち》に」

その指が肌の上を滑る。胸の小さな突起を摘まむ。口に含まれると、喰われてしまうのではないかという恐怖が込み上げた。

「怖いか？」

内心を読んだように言う。いや、実際読んでいるのかもしれない。

「怖くない」

それでも劫は強がりを口にした。そう言えばそうなる気がして。怖いと言ってしまったら、きっと逃げ出したくなるだろう。決めたことは覆《くつがえ》さない。それが劫の数少ないポリシーだった。

しかし、そんな劫の決意を脅《おびや》かすように、悪魔は美しい笑みを浮かべて、手でも口でも劫を追い詰めていく。

ビロードが肌を撫でるように優しく触れられ、時に痛みを与えられ、劫はいちいち素直に感じて翻弄される。

どこもかしこも触れられたことのない場所ばかり。どこに触れられても体が反応し、心臓は早鐘を打ち続け、声は切れ切れになる。

ここがどこかということも、いつの間にか意識の外に消えていた。

結界の中は二人きりの異空間で、独りではないというだけで劫には快感だった。

「あ、あっ……、俺、こんなの……」

快感にはなぜか罪悪感がつきまとう。それは相手が悪魔だからということではなく、自分はこういうことをしてはいけない、気持ちよくなってはいけない、なぜかそんな気がするのだ。

「封印を解けば、もっと気持ちよくなるぞ?」

「え……」

なんのための、なにを目的とした封印なのか。自分はいったい何者なのか。

なにかすごく邪悪なものなのではないかという気がしてならない。その封印を解いたら、自分が真っ黒に染まってしまうんじゃないかと……そう思うのは、悪魔に抱かれているからなのか。

「解かない、で、いい。……もう……終わって……」

体力には自信がない。息が上がって、もうマラソンのゴール前のような気分だった。リタイアするよりはゴールしたい。

「まだ始めたばかりだろう。もっと楽しめ」

息ひとつ乱さずに悪魔は言った。長い指が劫の敏感なところを探り、絡みついては擦《こす》り上げる。

「はっ、ぁ……ん」

どこを触られても感じるのに、一番感じるところをそんなふうにされたら、自分を保っていられなくなる。せり上がってくる快感を必死で噛み殺す。

「だ、ぁ……ダメ、そこは……」

先端を撫でられ、あっという間に破裂してしまいそうになって、その手を止めようと手首を掴んだ。

「ダメじゃない。ここを撫でると人はいい香を放つ」

「イヤ……んっ、んっ」

指はそこになにかを塗り込むように動き、それからしっとり吸い付くように竿全体を握って、優しく擦る。

「はぁ……あ……」

吐息が漏れる。どうしようもなく気持ちいい。自分でするのと同じ行為だとは思えない。もしかしたら悪魔の指からは媚薬《びやく》が出ているのではないかと疑う。

「ん、イヤ……ヤめ……」

腰が痺《しび》れ、太腿《ふともも》が引き攣《つ》る。不意に胸をなぶられれば、嬌声《きょうせい》が上がった。

自分の口からそんな声が出たことが信じられなかった。

大きな声なんてほとんど出したことがない。人を呼ぶことも、驚くことも、怒ることもなかった。人と交わることもなく、心を大きく揺らしたこともなかった。

心も動かさないと力がなくなるかもしれない。鍛えていないからすぐに疲れる。

「もう、ダメ……」

大きく胸を喘《あえ》がせれば、その突端を吸われ、また声が出る。

堕ちるのは怖かった。独りでいるならせめて明るいところにいたい。

「あ、あぁっ！」

だけどもう声を抑えることも、自分を止めることもできなかった。

常夜灯の明かりが、遠くぼんやりと見える。本当に結界は有効なのか。声は聞こえてしまっているのではないか。もしも悪魔の言葉が嘘だったら……。

そう思っても、もう止まらない。

劫の体を奏《かな》でるように指は動き、劫は敏感に反応して声を上げ続ける。体を震わせ、自分よりたくましい体にしがみつく。

なによりもそれが、すがりつく相手がいるということが快感だった。その体温は人よりかなり低かったが、全然かまわなかった。

「ん、ん……イッ、……もうダメ……出ちゃ、あ、あぁっ！」

堪《こら》えることもできずに、包み込む手の中に己を放った。

そのまましがみついて、荒い息を整える。

離れないのは、顔を合わせるのが恥ずかしいからだったが、終わりたくないと甘えているようでもあった。悪魔は劫のもので濡れた手を後ろへと滑らせる。

「ここにも、欲しいのだろう？」

きつく締まった襞《ひだ》を撫でられ、ビクッと悪魔の顔に目を向けた。

「そ、そこは……」

「欲しい、だろう？」

覗き込むように見つめられ、無意識のうちにうなずいていた。心の底の欲望を暴かれたのか、うなずかされたのかわからない。わからないけどそれでよかった。

「欲しい……」

口にすれば、それは自分の望みになる。

もう少しだけかまってほしかった。もう少しだけでいいから一緒にいたかった。

抱きしめてほしくて、抱きしめたくて……自分の腕の中に誰かがいることが、たまらなく気持ちよかった。その欲求が、堕ちる恐怖に勝る。

指が中に入ってくると背筋に力が入った。異物感は求める気持ちを急速に萎《な》えさせたが、拒否したいとは思わなかった。人ではないものを受け入れる恐怖も不思議と湧《わ》いてこなかった。

心のどこかで、悪魔だなんて信じていないのかもしれない。

いや、それ以上に求められることに酔っている。

悪魔の指は簡単に劫の中をとろとろにした。やっぱりこの指からはなにか媚薬のようなものが出ているに違いない。気持ちよくて表情筋に力が入らなくて、自分がすごく情けない顔になっているのがわかる。

それをじっと観察されていることもわかっているのだが……。

「ん……んっ……あぁ」

気持ちよさに抗《あらが》えない。

指に代わって入ってきたものは、視線と同じに冷ややかだったが、それすらも気持ちよく感じる。

「あ、ん……入ってく……ンッ、あぁ……」

得体の知れない生き物が自分の中へと入っていく。ダメだとも怖いとも思うのに、侵入を止める気にもなれない。

痛みは少しも感じなかった。圧迫され、擦られ、それによって自分が中から変えられていくような感覚。形も温度も次第に馴染んでいく。馴染まされていく。

「は……んっ」

劫は眉を寄せ、閉じていた目をうっすら開いた。暗闇の中、きらめくアメジストの瞳が自分を見ている。そこに感情は窺えなかったが、魅入《みい》られ、吸い込まれる。

「溺《おぼ》れろ。もっと……乱れてみろ」

体がふわりと浮き上がり、重力を感じなくなった。

「あ、イヤッ……」

不安と恐怖心が込み上げて、悪魔の首にしがみつく。それが一番危険なものなのに、それにすがりつくしかなかった。

しっかり抱き留められれば、子供に……物心つく前に戻ったようだと思った。きっとその頃には親に抱きしめられたこともあっただろう。まったく記憶にはないけれど。

両足を広げて悪魔に抱かれている、こんな姿を見たら親はきっと嘆《なげ》くに違いない。そう思ってもやめられないのは、すでに溺れているからだ。

悪魔が手を離しても、劫の体に重力はかからなかった。その手は乳首を摘まみ、ぐりぐりと押し潰す。

「ん、あ、……んんッ！」

痛いのに快感が走る。体勢は悪魔の意のままなのか、背をのけぞらせても結合が解けることはなかった。

「気持ちいいのか？」

「ん、ん」

「もっとしてほしい？」

「うん、……して……」

問われるままに劫は己を開いた。

怖いのに気持ちいい。不安なのに安心で、堕ちることが心地いい。

初めて自分が、〝生きて〟いる気がした。

悪魔の瞳に熱はなく、堕ちるのは自分だけだということはわかっていた。終われば放り出される。だけど一番怖いのは、自分にはもう二度とこんな時間が訪れることはないということ。自分にこんなことをしようと思うのなんて悪魔くらいのもので、悪魔になんてそうそう遭遇するものではない。

この悪魔だって、もう二度と……。

「あ、あっ、……もっと……もう少しだけ」

なんとか終わりを引き延ばそうとするけれど、保《も》たないのは自分の体力だった。

何度か己を放ったところで限界がやってきた。朦朧とする意識を必死で引き寄せる。

「もういいのか？」

「イヤ……」

そう言いながらも指一本動かせない。

ふわふわと浮かんでいる感覚は、まるで羊水に戻ったかのようで、劫は無防備に目を閉じ、そのまま開くことができなかった。

二

眩《まぶ》しくて目が覚めた。カーテンを引かずに寝てしまったのかと目を開けて、きっとまだ夢を見ているのだと思った。

朝日を受けて、芝生は青々と緑。常緑の松の木、新緑の紅葉《もみじ》。ここが斎場の中庭だということはわかった。ただし、すべては眼下にある。三メートルほど上空からの景色。

「ありえない……」

自分が未だ全裸で、背中から悪魔の腕に包み込まれているのも、ありえない。これが現実のはずがない。

「起きたか」

「ひ、一晩中、ここに?」

ずっと抱きしめられていたのだろうか。

「そうだ。結界の中は外界の気温に左右されぬ。快適であろう?」

「はあ。でも、あなたが冷たいんだけど」

現実味がないおかげで平静でいられた。自分が抱きしめられているという状況が信じがたい。他人と肌を合わせて朝を迎えることは、一生ないだろうと思っていた。

相手が人間ではなく悪魔だということが、劫にとってのありえない状況に幾ばくかの説得力を与えた。

しかし、落ち着かないものは落ち着かない。

早く離れてほしくて、冷たいと文句を言ってみた。

「悪魔が温かくては気持ち悪いだろう。しかしまあ、目覚めたからよかったではないか」

悪魔は腕の囲いを解かず、さらに顔を寄せて言った。

「えっと……凍死させる気だったとか？」

一晩中抱きしめられていたことに甘い気持ちを抱きそうになってしまったが、そんなはずはなかった。相手は悪魔だ。体温を奪おうとしていたと言われた方が納得できる。

「眠ったまま美しく死ねるぞ？」

「別に美しく死にたいとか思わないし。片付ける人はきれいな方がありがたいだろうけど」

死体の美しさと、その人の生き様とはまるで関係ない。死体は生が終わった瞬間の姿にすぎず、美しく生きたから美しく死ねるというものではなかった。それはこれまで数多くの死体と遺族を見てきたからよくわかる。

悪魔の腕を抜け出して立ち上がると、裸だということが急に恥ずかしくなった。足下はふわふわとおぼつかず、服を拾おうとすると前のめりに一回転する。

無重力というより、薄重力。水中と感覚は似ているかもしれない。

「あの、これ、どうにかならないの？」

「まあ、頑張ってみろ」

悪魔は優雅に横になって、悪戦苦闘する劫を余興のように見つめる。どうにかできても、する気はないらしい。劫はムッとしながらも、頑張って下着から順に身につけていく。

「おまえは我が恐ろしくはないのか？」

「今さら……」

昨夜のことが夢でないなら、悪魔とセックスしてしまったのだ。今さら怯える気にもなれない。しかし、下着をはこうとしてその目の前に尻を晒《さら》したのは恥ずかしかった。

息をフッと吐かれ、尻にそれを感じて「ひっ」と前のめりになる。

完全に遊ばれている。

「おまえは、死ぬのが怖くないのか？」

「怖がってもしょうがないよ。人は必ず死ぬんだから」

黙って見ていられるよりは、話した方が気が紛れる。

「それでも人は死を忌《い》み嫌い、恐れるものだ。古今東西、不死を望む人間をたくさん見てきた。悪魔にそれを願うのは愚《おろ》かとしか言いようがない。なぜそんなに生に執着《しゅうちゃく》するのか、我にはまるで理解できぬ」

人間の生態調査をするなら相手を間違えている。

「それは、俺もそう思う」

人間の代表にはなれない。悪魔と同意見というのもどうかと思うが。

じっと見つめられると鼓動が速くなる。この瞳は昨夜の自分をすべて見ていた。あっさりと快楽に溺れ、理性を失ってすがりついた自分を。愚かで恥ずかしい自分をすべて——。

「悪魔の寿命って、どれくらいなの？」

スーツの上着を羽織りながら訊ねる。沈黙は居たたまれない。

「さあ、寿命なんてものがあるんだか……。いつか消滅するだろう」

「消滅……？」

「いつ生まれていつ消えるのかもわからない。わかっているのは、人間より遙《はる》かに長く生きるということだけだ」

「独りで？」

「当然」

その孤独は、自分の孤独なんかとは比べようもない。人間とは精神構造も強さも違うのだろうけど、想像しただけで絶望的な気分になった。

「ある日突然消えてなくなるから、葬儀も必要ない。おまえの仕事は魔界ではなりたたんな」

「え？　なんで俺の仕事……やっぱり頭の中が読めるのか!?」

劫は思わず頭を抱えて後ずさった。

「おまえの考えや感情が読めるわけではない。記憶を辿《たど》っただけ……おまえの中にある年表を見ただけだ」

そういえば、魂が封印されていると言っていた。それを誰がなんのために施したのかは鍵がかかって見えないと。あれは本当なのだろうか。

「ち、父親と母親のこともわかるのか？」

躊躇しつつ訊いてみる。知りたいようで、あまり知りたくない気もするのだ。

施設でも両親のことはわからないようだった。劫が引き取られた時にもいたはずの施設の院長でさえ、記憶にないと言った。だから、捨て子だったのだろうと勝手に推測するしかなかった。

「なかった」

「は？」

「その封印が為された以降の記憶に両親の姿はない。おまえが物心つく前のことだから、封印がなくてもおまえは両親を覚えてはいなかっただろうが」

やっぱり封印は存在し、両親と別れた後でそれは施された、ということらしい。

「封印を解けば、あなたには俺の両親のことがわかるの？」

「さあ。言っただろう。解いてみないとわからない」

それならもう解いてみればいいんじゃないか、と思うのだが、なぜか躊躇する。自分の中になにがあるのか、そんな大したものが隠れているはずもないと思うのに、怖くてたまらない。

それはパンドラの箱だ。だけど最後に希望が残る保証はない。絶望はしたくなかった。

悪魔の言うことなんて信じなければいい。封印があるかなんて誰にもわからない。そもそも悪魔だということ自体、信じていいものか。

自分の職業や過去を知っていたり、こんな不可思議な空間を作ったり、飛んだり……説明のつかない事象を数々目の当たりにしたが、悪魔なんているわけがない。

角と翼のない姿は人となんら変わりなかった。ただ禍々しいほど美しいというだけ。

子供の頃、辛い現実から目を背《そむ》けるためにファンタジー小説の類《たぐい》をよく読んでいた。きっとその延長線上にある現実逃避だ。大人になって、いろいろとリアルで下世話な妄想になってしまったのは、非情に残念なことだ。

たぶん自分でも気づかぬうちに、ものすごく疲れていて、欲求不満の解消も兼ねた妄想に逃げ込んだのだろう。

そう自分を納得させようとしたのだけれど、いきなり行き詰まる。自分の意思でこの結界の外に出ることができない、という非現実的な事実が立ち塞《ふさ》がる。

「とりあえず、俺は家に帰る。この結界を解いてくれ」

取り除けと頼むのは、存在を認めている証だ。そこには目をつぶる。

しかし、結界は解かれぬまま、外の景色が動いた。高速で流れていく。斎場から自宅までは車で十分ほどかかるのだが、一分とかからなかった。

アパートの玄関前で結界が解かれる。

しょうがない。超能力者だというところまでは認めることにしよう。いや、どうせもう会うこともないのだから、夢だった、で片付けてしまえばいいのか。

「あの……まだなにか用が？」

鍵を開けて中に入ると、悪魔は当然のようについてきた。

「運んでやったのだから、コーヒーくらい出すのが礼儀というものだろう」

まるで送り狼のようなことを言う。悪魔ならせめてローマか中世ヨーロッパあたりのイメージを貫いてもらいたい。現実逃避の妄想だと思えなくなる。いや、夢だから荒唐無稽でもいいのか。

「なんでコーヒー……。願いを叶えたら帰るんじゃなかったっけ」

あんな恥ずかしいことになったのも、元はといえば願いを叶えないと帰れないとか帰らないとかごねられたからだ。

しかし、招かれざる客はズカズカと上がり込み、勝手に窓際のリラックスチェアに腰掛けた。ムッとして劫はカーテンを開けたが、朝日の下に冷たく整った顔と裸体に布を巻き付けただけの姿が鮮明になって、日差しを忌むような素振りすらない。

悪魔は朝日が苦手じゃないのかと、劫はブツブツ文句を言いながら、仕方なくコーヒーを淹《い》れた。

コーヒーは悪魔の飲み物と言われた時代もあったようだが、それはただ黒いからだろう。悪魔に似合いの飲み物だとは思えない。

「コーヒーは我の好物だ。あのどす黒さがいい」

黒いから、で正解なのか。溜息をついてコーヒーカップを差し出せば、色が薄いと文句を言われる。しかし、コーヒーカップを持つ姿は貴族的でとても優雅だった。

「いや、問題はコーヒーじゃなくて、帰らないのかってとこなんだけど」

話を元に戻す。

「帰ったところですることがあるわけでもない。久々の人界だ。しばらくいることにした」

「は⁉　話が違う」

「悪魔とは気まぐれなものだ」

そう言われてしまえば、悪魔が約束を守ると思った自分が馬鹿なのだと言わざるをえない。

「しばらくいるというのは、あちこち観光して回るとか、そういう……」

嫌な予感を覚えながら視線を向ければ、悪魔はニヤッと笑った。禍々しいというよりは、妖艶《ようえん》で思わせぶりな笑み。反射的に頬が熱くなって、劫は慌てて目を逸らした。

「おまえのそばにいてやろう。なにかと面白そうだ」

「め、迷惑です！」

そばにいてやるという言葉は、なにより劫の心を揺さぶる。だけど、だからこそ簡単に受け入れられない。そばにいるなんて軽々しく言わないでほしい。気まぐれだと言ったその口で。

「迷惑、けっこう。忌み嫌われる方が心地よい。昨夜のように懐かれるのも悪くはないが」

ニヤニヤと笑われて、どう言い返せばいいのかわからなくなった。大歓迎だと言えば嫌がるのか？　なにを言っても、きっと自分のしたいようにしかしないのだろう。

「勝手にしろ」

「言われずとも。……しかし、ここは匂うな」

「匂う？　くさいってこと？」

誰も来ないとはいえ、清潔にしているつもりだ。自分で部屋の匂いを嗅《か》いでみるがわからない。

「あ、猫の匂いかも」

飼っているわけではないが、たまにやってくる猫がいるのだ。

「猫？　……猫ねえ」

悪魔はいぶかしげに室内を見回す。１ＬＤＫのアパートは悪魔にはまったく似合わない。きっとすぐに嫌気がさしていなくなるだろう。

「気まぐれにやってきて、気まぐれに消える。猫と悪魔って似てる？　鼻もいいみたいだし」

猫だと思えば期待しないですむ。自分を抱きしめる猫。どうせ出ていけと言っても出ていきはしない。わがままなところも猫っぽい。

「猫と一緒にするな。猫に片手で人は殺せまい」

自慢げに言われても、怖いとは感じなかった。きっとそれは嘘ではないのだろうけど……。

悪魔だということをすでに受け入れている自分に気づき、劫は溜息をついた。とりあえずシャワーを浴びょうとバスルームに向かう。

すぐに消える夢だ、幻だ……。そう自分に言い聞かせながら、体を洗う手は昨夜の余韻をなぞった。

初めて抱きしめられた感触を夢だと思うのは、かなり難しそうだった。


なにがなんだかよくわからぬまま、いろんな初めてのことを経験し、疲れ切っていても不思議ではないのに、なぜか心身ともにすっきりしていた。

夢の中でストレスを発散したからだと自分を納得させようとしたが、自分が演じた痴態《ちたい》を思い出すと憂《ゆう》鬱《うつ》な気分になった。

場所も最悪だった。あの中庭は、斎場に入るとどの式場に行くにも目に入る。葬祭ディレクターとして、それ以前に人として、やっちゃいけない場所だった。夢だとしても罪悪感が減るわけではない。

斎場自体は近隣の葬儀社組合で建てたものなので、直接の勤務先というわけではない。しかし昨今、自宅葬の需要は少なく、通夜や葬儀のためにほとんど毎日のように通っている。行くたびに思い出すのかと思うと気が重かった。

劫が勤めている小野《おの》葬儀社は、斎場からは車で十分ほどかかるが、劫の住むアパートからは徒歩で一分ほどだ。玄関を出て、階段を下りて、ぐるりとアパートの背面側に回って道を渡れば到着する。

「なんでついてくるんですか?」

劫が出勤しようとすると、悪魔はふわふわと浮いたままついてきた。大きな翼も上半身裸もものすごく目障りだ。

「気にするな。おまえ以外には見えていない」

「俺に見えるのが問題なんだって。せめてなにか着られないの？」

日の光の下で見ると、異様さが際立つ。日常生活にまったく溶け込まない。

悪魔には恥ずかしいという概念がないのかもしれないが、見ている側は恥ずかしい。大胸筋《だいきょうきん》の発達した胸板が目に入るたび、あの胸に抱かれたのだ……なんてことが頭をよぎって顔が赤くなる。そんなふうに意識している自分がまた恥ずかしくてならない。

「気遣いは無用だ。悪魔は風邪などひかない」

なにもかも見透かしたような目をして、悪魔はニヤッと笑った。こちらがそんな気遣いをしているわけでないことはわかっているはずだ。悪魔が意地悪なのは、至極真っ当な気もするけれど……。

「ずっとそうやってついてくるつもりなの？」

「社会見学というやつだ。すでにこの時代の知識は頭に入っているが、生活というのは見て感じなくてはわからないものだ」

「へえ、意外に勉強熱心なんだ」

「暇だからな。そうそうマジックミラーというのももうわかったぞ」

「え、いつの間に……」

自分が寝ている間に調べたのだろうか。どうやって……？

「知ろうと思えば情報を引き寄せるのは簡単だ。この時代ふうにいうと、回線のいらないインターネット、だな。検索すれば答えはすぐに得られる。おまえと会ったあのビルは、その電波の入りがよかった」

「はあ……」

知りたいと思えば答えが得られるということなのか。喩《たと》えはわかりやすいが、仕組みはさっぱりわからない。電波というのも、いったいなんの電波なんだか。

「個人情報は個人にアクセスしないと得られないが」

「アクセスって触るってこと？」

非難交じりに言ってみたつもりだが、悪魔はまったく意に介さない。個人情報保護なんて、悪魔に通用するわけもない。

「だいたいそれでわかるが、本人が強く見せたくないと思っていれば見えないこともある。自己防衛心が強い人間、だな。おまえは開けっぴろげだ。あれだけ周りに関心を持たれなければ、それも当然か」

周囲を警戒する必要なんて感じたことがない。誰も自分に興味すら持たないのだから。

「因果《いんが》なものだな。おまえを護《まも》るための封印だろうが、おまえから警戒心を取り上げてしまった」

「俺を護る……？　なにから？」

「さあ」

それも封印を解かないとわからないのだろう。

話さなくてもあっという間の道程は、話していると物足りないほど近い。こんなふうに話をしながら通勤なんてしたことがなかった。

学校に通っていた頃には、ひとりだけ話をしながら登校してくれる相手がいたけれど、社会人になってからは会うこともめっきり少なくなった。劫は今でも親友だと思っているが、本人の前でそう言い切る自信はない。自分から会いに行ってみればいいのだが、用もないのに会いに行くということが劫にはできなかった。

この悪魔だっていつまでそばにいるのかわからない。妄想ならずっといてくれるかもしれないが、妄想ではないということをそろそろ認めるしかなさそうだった。

小野葬儀社は、駅前の商店街の中にある。開業した三十年前にはかなり活気のある商店街だったらしいが、今ではすっかり寂れてシャッターが下りているところも多かった。

葬儀社らしくない煉瓦《れんが》風タイル張りの建物は、商店街という場所柄を考えて、できるだけおしゃれにと社長が考えたらしいが、今では古くささしか感じない。出入り口は両開きのガラス扉で、道路に面して他に大きなガラス窓が二つもあるので、中は丸見えだった。

しかし、特に見せる必要のある内部ではない。

古い事務机が並ぶ普通の事務所スペースと、観葉植物で区切られた応接スペース。壁面には見本の棺桶《かんおけ》や骨壺《こつつぼ》などが並んでいる。

道を歩きながらなにげなく中を見て、棺桶が目に入ると、たいがいの人はギョッとして、じわりと目を逸らす。興味を持って見るのは年配の人が多く、そうなると中にいる社員の方がなんとなく目を逸らしてしまう。

葬儀屋というのは、人と真っ直ぐ目を合わせることの少ない職業だ。だから自分でもやっていけるし、人に関心を持たれなくても当然だと思えて気が楽だった。

「おはようございます」

声をかけて中に入ると、事務机に突っ伏していた男性社員がバッと顔を上げた。

「おはよう。そしておやすみー」

そう言ってそそくさと帰っていった。

「お気をつけて」

葬儀社は二十四時間営業だ。人はいつ死ぬかわからないから、葬儀の依頼は深夜に入ることも少なくない。すぐに動けるように、電話当番は事務所に詰めることになっていた。

通常勤務の社員が出勤してくると、交代で家に帰って寝ることができる。つまり、劫が連絡もせずに消えたなにも言わずに帰ったということは、連絡事項はなかったのだろう。そうだろうとは思っていたが、常日頃真面目に働いているのが馬鹿らしく思えてしまう。

それでもいい加減に仕事をすることはできない性分だった。人の評価を気にしていたら、なにもする気になれないだろう。

「これは死人を入れる箱か。燃やすものにこんな手をかけてなんの意味がある?」

悪魔は細密な彫刻がなされた棺桶を見て言った。悪魔と棺桶。マッチしているようでミスマッチなのは、和と洋の差異のせいか。

「生前の功績に敬意を払って……とか、いろいろ」

「くだらんな。死体などそれ自体はただの抜け殻《がら》だ」

その言い分はわからないではない。が、人は生と死をそう簡単には割り切れない。

「あの、本当にどこかに行っ――」

言いかけて、階段を下りてくる足音に口を噤《つぐ》んだ。二階は社長の住居になっている。

高校を優秀な成績で卒業した劫だが、就職はなかなか決まらなかった。それというのもやはり、存在感のなさが一番のネックだった。不合格通知すら来ないこともあって、就職担当の教師も劫の就職にはまるで熱意を示さなかった。

葬儀社は慢性的に人手不足で、履歴書を持っていったその場で採用と言われた。つまり誰でもよかったのだろう。

施設を出て独り暮らしをすると言うと、近くのアパートを紹介してくれた。深夜の電話当番は交代制だが、なにかの時にすぐに呼び出せる便利要員として、深夜に叩き起こされることもよくあった。

しかし、その扱いに不満はない。自分が役に立てるのなら嬉しい限りだ。感謝されたことはほとんどないけれど。

この仕事が好きだとは言い切れないが、それなりにやりがいはある。死者を送るための黒子《くろご》という役割は、自分にはきっと向いている。

「おはよう」

二階から下りてきた社長は、もう六十歳を過ぎている。劫が入るまでは、便利要員を自分でやっていたらしい。人が長続きしないのでしょうがなかったのだろう。そのせいか劫には好意的に接してくれる。こういう仕事を長くしているせいか、霊感もわりと強いらしかった。

「おはようございます」

挨拶を返した劫を、社長はなぜかじっと見つめた。これはかなり珍しいことだった。

もしかしたら昨夜のことをなにか言われるのだろうかと劫は身構える。人に凝視されたこともなければ、本気で人に怒られたこともない。

「おまえ……今日はなにか違うな」

「え、なにがですか？」

「いや、なんとなく。髪を染めたか？」

「いえ、変わってませんけど」

「そうか」

社長は首をひねり、事務所を出ていった。

肩すかしだ。結局やっぱり昨夜の件についてはなんのお咎《とが》めもないらしい。

しかし、なにが違うというのだろう。髪は元から明るい色で、葬儀屋には相応しくないかもしれないと、最初は劫も心配したのだが、当然のように誰もそれを指摘しなかった。

昨夜あんな不謹慎なことをしてしまったから、劫の気持ちは確かになにか違うが、見た目にもなにか影響があるのだろうか。

不審の目を悪魔に向ける。悪魔と交わったことでよからぬ変調があるというのも、ありえることだ。

「なにかしたのか？　まさか内側から腐《くさ》っていったり、とか……」

劫は自分の体を抱きしめる。

「失礼な。我と交わっても体がどうこうはならぬ。人間には毒なほど気持ちいいだけだ」

悪魔がニヤッと笑って、劫は思わず目を泳がせた。

気持ちよくなかったとは、強がりでも言えないほどに感じてしまった。

「我と交わったことで、封印の効力が少し弱まったのかもしれない。となると、あの封印を施したのは
……」

「え？　じゃ、じゃあ、いっぱいああいうことをしたら、封印は消えてなくなるってこと？　封印を解く

方法って、そういうこと⁉」

「そういうことにしてもいいぞ。何度目で封印が解けるか、やってみるか？」

「い、いや、いいです」

もうしない。奇跡は一度きりで十分だ。それにそんな副作用があるなら、他にもいろいろ弊害《へいがい》がありそうで怖い。気持ちよさの後に害がやってくる、まるで麻薬のようだ。

「おまえ、封印を解けばたぶんもてるぞ。人間にしてはきれいな顔をしているし、我が抱いた人間は内側から色気がにじみ出る。フェロモン垂れ流しというやつだ」

「ええ⁉　そ、そんなの困る」

麻薬というより、媚薬なのか。

もうずっと存在をスルーされて生きてきたのに、今さらもてるなんて怖すぎる。老人である社長にじっと見られただけでも落ち着かなかったのに、他の人間からじろじろ見られたり好意を持たれたりするなんて、どう対処していいのかわからない。

「なぜ困る？　喰いまくればいい。おまえ自身が堕落し、誘惑し、堕落させろ」

悪魔らしい不遜な笑みを浮かべて言った。

「俺はそんな悪魔みたいなこと……」

「我に抱かれたおまえは、我の使い魔のようなものだ」

「じょ、冗談」

ギョッとして思わず後ずさる。しかし悪魔はただ微笑むだけで、冗談だとは言ってくれない。

「そういえば、悪魔に一度抱かれると、もう人間では満足できぬ体になるらしい」

さらにとんでもないことを言った。

「は？　ええ⁉」

劫はあまりのことに大きな声を出してしまった。

「どうした、劫」

声に驚いて社長が戻ってきた。事務所内を見回し、劫以外に人がいないのを見て怪訝そうな顔になる。

「あ、いや、すみません。ゴキブリかと思ったけど、違ったみたいで」

「我をゴキブリ扱いか、いい度胸だ」

劫にしか聞こえない声をスルーし、劫は社長に引き攣った笑みを見せた。

「やっぱりなにか違う感じがするんだが……それはまあいいとして、仕事だ。東署《ひがししょ》まで遺体を引き取りに行ってくれ」

「あ、はい」

警察の霊安室へ遺体の引き取りに行くのも葬儀屋の仕事のひとつだ。

事件等で亡くなり、解剖を終えた遺体を遺族に依頼されて引き取りに行く。しかし、司法解剖に回された遺体にはかなり凄惨なものもあって、遺体を見慣れた葬儀屋でも、警察への引き取りはあまり行きたがらない。

もちろんすべてがそうというわけではないが、人の嫌がる仕事はだいたい劫に回ってきた。

それは虐《いじ》めや嫌がらせというわけではなく、劫がどんなにひどい遺体を見ても動じないからだった。

劫の目には遺体の生前の姿が見える。だから、変わり果てた姿を気の毒だとは思うが、怖いと思ったり、気分が悪くなったりということはなかった。

これを霊感が強いという言葉で片付けてもいいものなのか。時に自分はこの世界の生き物ではないんじゃないか、と思うことがあった。ここにいるべきでないもの。そんな違和感は子供の頃からあった。

悪魔と話すようになって、俄然《がぜん》現実味が出てきてしまった。

魂を封印された、人であって人でないもの。自分はいったいなんなのだろう。時に聞こえるあの声も、そのせいなのだろうか。

この世界で生きて、命尽きたら……どこかに行けるのだろうか。自分が受け入れられる世界があるのだろうか。

「まだついてくるの？」

「死体は得意分野だ。警察ということは、なにかしら黒い死体なのだろう。さらに得意だ」

「黒いって……。警察にだって、なにも本人は悪いことをしていないのに被害にあった善良なご遺体だってあるよ。その方が多いくらいだ。ていうか、悪魔ってなんなの？　ご遺体になにか悪いことをする気なら、来ないでくれる？」

「抜け殻になどなにもしない。ただ悪魔は黒い魂を好んで食べる。それだけだ」

「た、食べるんだ……。黒い魂って、悪いことをした人ってこと？」

「まあそういうことだ。真っ白な魂なんてものはないから、白っぽいのは天界へ、黒っぽいのは我らのところへやってくる。天使に喰われた魂はすぐに転生するが、悪魔はまずなかなか喰わない。存分に弄《もてあそ》んで絶望したところを食《しょく》す。人界で悪いことをしている奴というのは、我らのために味付けをしてくれているようなものだ。どす黒い魂はいたぶりがいもあり、食しても美味い」

人間が牛や豚を食べるようなことだと思えばいいのだろう。悪い奴が痛い目を見るというのはいい気味だと思うのだが、食べられるというのはさすがにちょっと人として微妙な気分になる。

「〝悪魔〟と人は言うが、我らはただの〝黒い〟天使だ」

「天使、なの？」

「天使という神の子羊の群れにいるのが面倒になって、住処を別った。規律を守る必要がなくなった代わりに、加護《かご》や便宜《べんぎ》を失った。自由は不便を伴うが気楽でいい。餌《えさ》には困らないしな」

「はあ……。なんかいろいろあるんだ、そっちも」

「まあな」

ちょっと引っ越したんだよ、というような世間話のノリだが、スケールが違いすぎる。ファンタジーな世界しか想像できず、適当に流すしかなかった。

社長から渡された遺体に関する資料に目を落とし、劫はサッと顔色を変えた。

「どうした？」

「ご遺体……施設の院長先生だ……」

劫が高校生まで世話になった児童養護施設の院長の名前がそこにあった。死因は記載されていないが、警察に運ばれたということは、調べなくてはならない死に方だったということだ。もちろん布団の上での自然死という場合もある。

「ふん。院長か……せいせいしただろう？」

「え？」

「散々な扱いを受けていたじゃないか。飯を食わせてもらえないことも多かった」

「そんなことまでわかるの。でも、違うよ、とても優しい人だったんだ」

自分以外の人間には、という注釈が付くけれど。

それもきっと、自分の存在感のなさが原因だったに違いない。食事がなかったのは、食事時間に遅れた時だけ。食べてないと言っても、残ってないからそんなはずはないと信じてもらえなかった。他の人の分は、遅れてもちゃんと取ってあって、一言謝れば出してもらえる。

強く言えば、もしかしたら作ってもらえたのかもしれない。しかし、劫にとって諦めるのは日常で、一食くらい抜いても大した問題ではないとすぐに引き下がった。

散髪代がもらえなくても、ひとつのコートで何冬越そうとも、大した問題ではなかった。それは死ぬようなことではない。

「おまえは……自分でも自分の魂を封印しているのだな」

「え？」

「せめて自分くらいは自分の魂の訴えを聞いてやれ。それも聞こえぬか？」

「そんなの……聞こえるものなの？」

魂の声などと言われてもまったくピンと来ない。

「やりたいとか、殴りたいとか、殺したいとか、いろいろあるだろう。おまえの存在感のなさは封印のせいばかりではないのかもしれないいな」

そんなことを言われても、今さらどうすればいいのかわからない。

殺したい、なんて物騒な考えを抱いたことはないが、感情はもちろんある。しかし、それを人に訴えたところでなにも変わらなかったし、堪えられないほどの感情の揺れは記憶にない。諦めるのは難しいことではなかった。

「俺は、いいんだ。今まで特に辛いこともなかったし」

「じゃあせめて次に抱かれたくなった時は、ちゃんと自分の口で言え」

耳元に囁かれて、劫は飛ぶように後ずさった。顔がカーッと赤くなる。

「だ、抱かれたくなんて……。もう行くから。ついてこないで」

要望をはっきり口にしたが、当然のように聞いてもらえなかった。

溜息をついて諦める。でも、この諦めはなんだか胸が温かい。

警察署に着くと、一気に気持ちは暗転した。やはり知っている人の死は、仕事で扱う死とは少し違う。

「劫」

名前を呼ばれたことに驚き、そちらに顔を向けてまた驚く。

優しい笑みを浮かべたきれいな男が、劫を真っ直ぐに見つめて立っていた。劫もぱっと笑顔になる。

「詞栄《しえ》？　……ああ、詞栄が立ち会ってくれるのか」

時森《ときもり》詞栄は児童擁護施設で一緒に育った幼なじみだ。劫にとっては唯一自分に話しかけてくれる、特別な人。今は、自分たちが育った児童養護施設を運営する教会で、司祭をしている。

高校を卒業する頃は肩ほどの長さだった栗色の髪は、願掛けでもしているのかというほど伸びて、後ろでひとまとめにされていた。男の髪型としては異様だが、どこか儚《はかな》げで美しい詞栄の顔立ちにはよく合っている。身長は劫より十センチ近く高いが、細身のせいか威圧感はなかった。

しかし、おいそれとは近づけない雰囲気がある。それは気高さとか神聖さとかいうようなもの。詞栄自身の美しい容貌《ようぼう》もさることながら、黒い詰め襟の司祭服と、首からさげた十字架も大きな要因だった。

どこから見ても完璧な神父様は、悪魔ほどではないが日本の日常風景に溶け込まない。そして悪魔同様に日本人にとっては遠い存在だった。

それは常に好奇の目に晒されるということでもある。仕事中の女性警察官たちがチラチラとこちらを窺っているのは、詞栄が気になって仕方ないのだろう。

そういえば詞栄は神父になる前から、女子に遠巻きにキャーキャー言われていた。詞栄自身に近づきがたいなにかがあるのかもしれない。注目されるのも大変だなと、まるっきり他人事として思っていた。

「うん。僕が劫に来てほしいって、葬儀屋さんに連絡したんだけど、聞いてなかった？」

「うん、聞いてない」

「そう」

連絡が正しく伝わらないのもよくあることだった。それを知っている詞栄は深く追及してこない。

「劫は変わりない？」

詞枝に優しい笑顔で問われ、劫は心からホッとする。この瞳だけが自分を映してくれた。近づきがたいなんて一度も感じたことはない。

「変わりないよ。院長先生は大変だったね。全然知らなかった」

「うん、急だったから。一昨日の朝、教会で倒れているのを発見した時にはもう息がなくて。でも、事件性はないみたい。心不全《しんふぜん》だろうって……」

説明をしていた詞栄の表情が急に曇《くも》って、不自然に声を途切れさせる。

「詞栄？　どうした？」

見る見る青ざめる詞栄が心配になって、劫は顔を覗き込む。そんなに衝撃的な死に様だったのだろうか。

「劫……劫、本当に変わったことない⁉」

真剣な顔で間近にじっと見つめられ、劫は思わず顔を引いた。

「な、ないよ」

驚きながらも同じ答えを返した。

変わったことはあったけれど、言えるわけもない。このまま悪魔が消えれば、今ならまだ妄想だったと思い込むことも可能だ。

「そう……」

詞栄の顔色は冴《さ》えない。元から白い顔が、本当に紙のように白い。

「大丈夫か？　教会に戻ったら休んだ方がいいよ。葬儀に関しては俺がやるから」

「僕は大丈夫だよ……。ちょっと、忙しくて劫になかなか会えなかったから、心配してた」

顔色は悪いまま、詞栄は強張《こわば》った笑顔を見せた。

「うん、ありがとう。でも、詞栄の方が心配だよ。俺にできることならなんでもするから、無理はしないで」

詞栄がか弱そうな見た目のわりに頑丈だということは知っている。風邪をひいたところすら見たことがない。しかし、総責任者である院長が亡くなったのはさすがに堪《こた》えただろう。それでも人の心配をしてくれる。会えない間も気にしてくれていたと知って、忘れられているのだと思っていた劫は嬉しくなった。

「大丈夫だよ」

詞栄は笑ったけど、どこか苦しげに見える。高校生の頃も、詞栄は時々そういう笑い方をした。その顔でじっと見つめられると、自分がなにか詞栄に辛い思いをさせているのだろうかと心配になった。だけど詞栄は人を悪く言わないし、辛いとか苦しいとかいうことも口にしない。

見た目だけでなく中味も聖人という感じで、神父は天職だと思えた。

疎遠になっていても、詞栄がいるということが劫の精神的な支えだった。自分がここに存在していると認めてくれる、最後にして唯一の砦《とりで》。絶対になくしたくない存在だ。

並んで霊安室へと向かいながら、劫は詞栄を気にしつつ、さりげなく周囲を窺った。

悪魔の姿が見当たらないのだ。署に入るまでは確かに近くにいたのだけど、詞栄と入れ違いのように姿が見えなくなった。やっぱり悪魔は神父が苦手なのだろうか。

警察官に立ち会ってもらって遺体を引き取る。タグを確認するだけでもよかったが、その場で顔を見せてもらった。

昨年のクリスマスにミサの手伝いに行って会ったのが最後だった。見せてもらったその表情は安らかとは言いがたく、すごく歳を取ったように見えた。

「見つかった時は、もっと苦悶の表情だったんだけどね」

硬直が解けて、これでもましになったということなのか。

劫が施設に引き取られた時のことを知っているのは、この院長だけだった。しかし、生前から覚えていないと言われていたので、死んで望みが絶たれた、というわけではない。思い出してくれる可能性なんて期待してはいなかった。

劫は無言で十字を切る。

優しくしてもらった記憶はないが、育ててもらった恩は感じていた。悪魔が言ったような、死んでせいせいした、という思いはやっぱりまったく湧いてこない。ただ……。

「空っぽだ……」

劫は無意識に呟《つぶや》いていた。

どんな凄惨な遺体を見ても動じることはないが、院長の遺体には違和感を覚えた。死ねば、体と魂は分離され、遺体は空っぽの器になる。だから空っぽなのは当然なのだけど、しばらく魂は離れがたく寄り添っているものだ。突然の病死ならなおのこと、自分の死を受け入れられずぴったりくっついている。しかし、院長の魂は影も形もなかった。気配がまったく感じられない。そうまるで、喰われてしまったかのように。

「やっぱり……なにも感じない？」

詞栄も霊感が強く、時々劫と同じものが見えることがあった。そういうところでも絆《きずな》のようなものを感じていた。

「うん。じゃあ最初から空っぽだったの？」

「最初に見つけた時、人形かと思ったんだ。死んでからずいぶん経った死体みたいだった」

「院長は前から心臓が悪かったの？　なにか闘病中だったとか」

「いや。前日まですこぶる元気だった。死の影なんて少しも見えな――」

詞栄はそこまで言って口を噤んだ。

詞栄には死の影が見えるのだろうか。それでも劫は特に驚かないが、詞栄が言いたくないのなら追及する気はない。

今までたくさんの遺体を見てきたが、ここまでなにもない遺体を見たことがなかった。

魂というのは、その人の想いの凝ったもので、肉体がなくなれば、時間とともに想いも薄れて消滅する。そういうものなのだと思っていた。

天界や魔界に吸い上げられて食べられているなんて、さすがに思いもしなかったけれど、それは人が知らなくてもいいことだ。

「一昨日って言ったっけ……」

「亡くなった時間？　見つかったのが一昨日の朝だから、その前日の深夜だろうって」

「そう」

あの悪魔はいつから人界にいたのだろう。しかしまさか、院長が悪魔を呼び出したりするはずはないので、彼が食べたという魂はまた別のものだろう。それなら他にも悪魔がこの近くにいるということなのか。いや、院長の魂なら食べられるとしても天使のはずだ。だが、天使が地上に降りて魂を喰らうなんてあるのだろうか。

「どうした？」

「いや。早く連れて帰ってあげよう」

人間らしくない疑念を振り払い、劫はめくっていた布を静かに戻した。

裏口から搬出し、車に乗せる。詞栄は自分の車で来ていたので、別々の車で教会へと向かった。

車が走り始めると、悪魔が突然助手席に姿を現した。

「わ!?　びっくりするなぁ」

「あの神父はおまえのなんだ？」

「なんだ？　って……わかってるんじゃないの？　院長のことは細かく知ってたじゃない。俺が覚えてないようなことも」

恨みつらみを持ちそうな出来事なんて、もうすっかり忘れていた。自分の記憶は、出来事が淡々と綴《つづ》られただけのとても見やすいものではないだろうか。

「恋人か？」

「は？　そんなわけないでしょ。詞栄は施設で一緒に育った幼なじみだよ。俺が唯一友達と呼べる相手だ」

「一番近い人間だが、恋愛感情はない、と？」

「それはないよ。でも、俺には詞栄以外にいないから、一番なのは間違いない。詞栄は他にも友達がいたし、最近はあんまり会えてないから、詞栄にとって俺が一番ってことはないと思うけど」

説明すると、悪魔はなにか思案している顔になった。

「なんで詞栄を恋人だなんて思ったの？」

「記憶というのはおまえビジョンだからな。キラキラしすぎてぼやけていたというか……」

「キラキラ……そうなんだ」

「迫られたことがあるだろう？」

「迫られた？　え、そんなのないよ。……ああ、抱きしめられたことなら、あったっけ。でもあれは、お別れだったからだ。施設を出て独り暮らしを始める時で、俺もすごく寂しかったから、詞栄も寂しいんだって思ったら嬉しかった」

「なるほど。気の毒な奴だということはわかった。まあ、好きにはなれそうにないタイプだな」

「気の毒？　詞栄だって悪魔に好かれたくはないと思うよ」

詞栄はたぶん真っ白な人だ。そりが合うわけがない。

「詞栄に変なことしたら赦《ゆる》さないからね」

「赦さない？　おまえが我になにができる？」

余裕綽々《よゆうしゃくしゃく》に笑われても、なにも言い返すことはできなかった。ただの人間が悪魔に勝てるわけもない。

この生き物は人間の魂を喰らうのだ。

話を聞いたところでは、死んだ後の魂を喰らうのが本来のようだが、悪魔なら殺して食すということもあるだろう。

そんな疑いを持っても、今隣にいる悪魔がそういうことをするとはなぜか思えなかった。悪魔は残虐《ざんぎゃく》で極悪で冷酷……というパブリックイメージを、隣にいる悪魔に重ねられない。

だけどそれはきっと浅はかな思い込みだ。自分と話をしてくれるというだけで、優しいと思ってしまう。

でも実際に、人を殺したようなことを平然と言っていた。

人間の倫理観を押しつけても受け入れられることはないだろう。

「やっぱり、神父とか教会とか苦手なの？」

「言ったはずだ、人が作った宗教などに左右されることはない。我らの存在を人が勝手に解釈し、宗教や神話を作り上げた。まあ、神は自分が注目されなくては気がすまない者だから、皆で崇《あが》め奉《たてまつ》るというのは、ご機嫌取りに有効な手段ではある」

「はあ」

その言い方では、神様がわがままなお山の大将みたいに聞こえる。

劫の中で神というのは、非情で慈愛に満ちた絶対権力者というイメージだった。特定の宗教を信仰しているわけではないが、育ったのがキリスト教会の施設だったので、小さい頃からキリスト教と身近に接してきた。就職してしてからは主に仏教、稀《まれ》に神道、キリスト教にも時々関わる。なんにせよ大事なのは、なにかを畏《おそ》れ敬《うやま》う気持ちだろう。

この悪魔も本来は畏れるべき対象なのかもしれない。

しかし、そうするには始まりがあんまりだった。いきなり近づきすぎたのだ。

「悪魔ってなにができるの？」

実態調査に努める。

「人と同じで能力には差がある。我に関して言うならば、全知全能……に少し欠けるくらいだ」

「ふーん」

ちゃんと答えてくれるのだが、話が大きすぎて凄さがさっぱり伝わってこない。というか冗談にしか聞こえない。

古びた門から砂利道《じゃりみち》を少し入ると、針葉樹に囲まれた懐かしい礼拝堂の三角屋根が目に入る。その裏口に車を停め、サイドブレーキを引いた。

教会の白い壁はもうグレーといっていいほどにくすんで、あちこち傷《いた》んでいる。老朽化《ろうきゅうか》は見た目にも明らかだ。しかし、それを直す費用はなく、教会も養護施設もいつも困窮《こんきゅう》していた。

「教会をきれいにしてって頼めばよかったな……」

それなら心からの願いとして受け取ってもらえたかもしれない。

「我に教会をきれいにしろと？」

「宗教、関係ないんでしょ？」

とはいえ、悪魔が教会をきれいにするというのはかなり倒錯的《とうさくてき》な図だ。

「我がきれいにしたところで、神の奇跡とか言われるだけで、おまえが感謝されることはないぞ？」

「感謝されようなんて、思ったこともないよ。詞栄や他のみんなが喜んでる顔を見たいんだ。……でも、そんなんできれいになっても、喜ばないかな。俺の給料からじゃ寄付しても焼け石に水程度にしかならないんだよな……」

今でも小野葬儀社の経営状態は芳《かんば》しくなく、給料が上がる見込みはない。繁盛させる努力といっても、葬儀屋の営業にいい顔をする人は少なく、劫自身もまったく営業向きではない。

「見返りを求めない、か。考え方が白くてつまらんな」

「悪魔に楽しんでもらわなくてもけっこうです」

「誰もおまえのことなんか見てないのだから、おまえも勝手に楽しめばいい」

「誰も見てくれなくても、俺は、俺がしたことで誰かが幸せになってくれたら嬉しい。お礼なんて言われなくても、喜んでいる顔を見たら、俺はいてもいいんだって思えるから」

劫は強がりでもなくそう言って笑った。

悪魔はその笑顔をしばし見て、少し遠い目をした。

「思い出した。我のそばにも昔、そういうつまらない考え方をして、幸せそうに笑う変な奴がいた」

「へえ、友達?」

「ああ、親友だった」

「親友か、いいなぁ」

劫は目を細めた。過去形にはとりあえず突っ込まない。親友と呼べる相手がいたということが羨ましい。

「悪魔にも親友っているんだー。仲よかったの?　すごく?」

興味津々で問いかけたが、それには答えがなかった。悪魔はまた劫の顔をじっと見つめる。

「おまえ……少し似てるな」

「え、その親友さんに？」

それなら、もしかしたら自分も親友になれるのだろうか？　などと、厚かましいことを思ってしまって恥ずかしくなった。悪魔と人でそれはないし、人と人でも自分にそれはない。

さらりと頬に触れられて、思わずその手を払いのけた。

触られたら見られてしまいそうな気がした。小さな期待をしてしまったことを。感情が読めるわけじゃないと聞いたけれど、やはりなにか探られそうな気がするのだ。

悪魔はフッと笑って、そしてスッと姿を消した。

いなくなったのか、見えなくなっただけなのかわからない。手を払って気を悪くしたのだろうかと不安になる。劫は嫌われることにも慣れていなかった。

しかし、すぐに詞栄が窓の外に現れたので、やっぱり神父が苦手なのだろうと思うことにした。

「劫、誰かいなかった？」

車から降りた劫に、詞栄が問いかける。

「ん？　いや、いないよ」

また嘘をついてしまった。かすかな罪悪感を覚えたが、話す気にはなれなかった。

二人で遺体を礼拝堂の裏にある講堂へと運び込む。院長には家族がおらず、教会や施設の職員たちと一緒に納棺を行った。

詞栄の納棺の言葉を神妙な顔で聞く。キリスト教で死は忌むべきものではない。神に生前の罪を赦され、御許《みもと》に受け入れられることを祈る。

しかし当然、別れは悲しいし、残された者たちの荷がかなり重いものになるのは明白だった。

「では今宵、通夜の祈りを、明日葬儀を執《と》り行いたいと思います。どうぞよろしくお願いいたします」

礼拝堂のしつらえはすでに小野葬儀社のスタッフによって整えられていた。教会での葬儀は年間でも数件しか請け負わないため、慣れているとは言いがたいが、もちろん抜かりはない。

その日、通夜の祈りを終えて劫が家に帰ったのは、かなり遅い時間だった。

冷蔵庫からミネラルウオーターを取り出し、窓辺のチェアに腰掛けて一息つく。夜ご飯は買ってきたお弁当だが、あまり食欲はなかった。

院長が亡くなったことも、その遺体が空っぽだったことも劫にはショックな出来事だった。久しぶりに詞栄に会えたのは嬉しかったが、それを暢気《のんき》に喜んでいる暇もなく、家に帰ってきても悪魔が姿を見せないことが気にかかった。

窓の外でなにか音がして、劫が窓を開けると猫がするりと入ってきた。

「ブチ、久しぶりだな。おまえなにしてたんだ？　どこかの子になってたのか？」

劫は顔に黒いブチが入った白猫を抱き上げた。劫がここに住み始めた七年前から、この猫は一ヶ月に一度くらいの割合で定期的に現れる。初めて見た時から成猫だったので、もうけっこうな歳のはずだ。

「元気でよかった」

来訪が嬉しくてぎゅうぎゅうと抱きしめると、「みゃー」と抗議するように鳴かれた。

「ごめんごめん。今日はいろいろあったから……来てくれて嬉しいよ」

喉元《のど》を撫でれば、ブチは目を細めてグルグルと喉を鳴らし、劫の手を舐めた。

生き物がそばにいてくれると嬉しい。それが猫でも悪魔でも。

「なるほど、それが猫か。……小賢《こざか》しい」

突然声がして、悪魔が姿を現した。そして劫に抱かれたブチに冷たい視線を投げる。

「小賢しい？」

それは猫に対して使うのに適切な表現ではなかった。首をかしげる劫の膝の上で、ブチはフーッと全身の毛を逆立てて威嚇《いかく》する。

猫と悪魔が犬猿の仲だという話は、当然ながら聞いたことがない。

「ブチ、大丈夫だよ。そんなに悪い人……悪魔じゃない、と思うから。たぶん」

宥《なだ》めるようにブチの背中を撫でたが、その視線はじっと悪魔を威嚇している。

「悪くない悪魔ってなんだ。猫など喰う気はないが……、繋がってる細い糸、断ち切ってやってもいいんだぞ？」

悪魔が猫に凄む図はなんだかおかしい。が、ブチは劫の膝の上で、身構えるように姿勢を低くした。話は通じているようだ。

「猫相手になに言ってんの。それに俺、入ってきていいなんて言ってないけど」

劫はブチを胸に抱えて立ち上がり、悪魔を追い出そうと手を伸ばしたが、ふわりと避けられる。悪魔はブチの首根っこを掴んで劫から取り上げると、窓を開けて外に放り投げた。

「わ、わーっ！　なにすんだよ⁉」

あんまりだ。劫は慌てて窓辺に走り、下を見下ろした。二階だから猫なら着地できるはずだが、真っ暗な中に白く動くものが見当たらない。

無事を確認すべく劫は玄関へと走り出した。その襟首を悪魔に掴まれる。猫と同じ扱いだ。

「なんだよ！」

自分まで窓から放り投げられるのではと、がむしゃらに暴れる。

「落ち着け。死にはしない。あれはただの猫じゃないからな」

静かな声にとりあえず暴れるのをやめ、訊き返す。

「猫じゃないなら……なに？」

「この世界のものではない」

「……ええ⁉　いや、でも、猫……だろ？　だってずっと部屋に来てたし。猫、だし」

劫が信じられずに呟くと、悪魔はニヤッと笑って後方にひらりと宙返りした。着地した時には、艶やかな毛並みの黒猫に変化していた。

「ま、じ……？」

その前足でスラックスの裾《すそ》を引っかかれると、正体がわかっていても可愛くなる。思わず抱き上げれば、アメジストのような瞳は確かにあの悪魔のものだった。

「嘘……マジかよ。なんか……カワイイカワイイ詐欺だ」

なぜ猫の形になると可愛いと思ってしまうのか。

「つまり、そういうことだ」

可愛くない声が聞こえて、両手でぶら下げていた猫が、ボンッと悪魔に戻った。両手の間にあるものは立派な胸板に変わって、劫は慌てて手を離した。

「ま、漫画かよ……」

素っ気ない突っ込みを入れることで、胸のドキドキをごまかす。

同じなのに、猫だと平気で触れられて、実体だと変に意識してしまう。目の前で見た胸板と、その手触りに心が乱れている。視覚と触覚に頼りすぎなのだ。

「じゃあ、あの猫ってなんなの？」

「あの猫は最初からあんな黒いシミがあったのか？」

質問に質問が返ってきた。

「あったよ。だから名前がブチなんだ。でも、前よりブチが大きくなったような気はする」

「ふん。白に半端に交ざる黒ほど目障りなものはない」

「そうかな。俺は、それはそれで可愛いと思うけど」

真っ黒や真っ白も美しいが、変な柄が入っているのも愛嬌《あいきょう》があっていい。ブチが可愛いから、ブチと名をつけたのだ。

「おまえはなんでも可愛いと言うのだろう。悪魔だろうと猫だろうと、ありのまま受け入れてしまう。……やっぱり、なんか似てるな」

悪魔は劫をじっと見つめる。

「また、例の親友さん？」

見つめられているのは自分ではない気がした。そんなことには慣れているのに、胸に複雑な想いが込み上げる。嬉しいような悲しいような……モヤモヤと割り切れない気分。それは今までに感じたことのない気持ちで、なぜこんな気持ちになるのかもわからなかった。

「自分は誰にも受け入れてもらえないのに、奇特なことだ」

質問には答えてもらえなかったが、その瞳が自分の元に戻ってきてホッとする。

「いいだろ、別に……。俺の目は俺のもので、他人の目は他人のものだ」

見え方が違っても、それは当然のことだ。

「人間に交じりっけなしの真っ白や真っ黒は滅多にいない。天使でも真っ白は稀で、悪魔でも真っ黒とはなかなかいかない。見えないおまえの魂は、もしかしたら真っ白かもしれないな」

その親友が真っ白だったのかもしれない。比べられれば自分が劣るに決まっている。

「俺は絶対真っ白なんかじゃないよ。ブチよりもっといっぱい黒いよ、たぶん。自分だって、さっき猫になった時、腋の下にちょこっと白があった……」

「なに⁉」

悪魔は焦ったように片手を上げ、自分の腋の下を確認する。

「……ような気がしたけど、気のせいかな」

しれっと言えば悪魔に睨《にら》まれた。もちろん腋の下に白なんて見ていない。ちょっと言ってみたくなったのだ。

「我をからかうとはいい度胸だ、人間」

ムッとした顔がどこか可愛い。劫は視線を逸らして込み上げてきた笑いを噛み殺したが、耐え切れなくなって吹き出した。

「貴様……」

久々に声を上げて笑った。そんな劫を悪魔は見つめる。

「……おまえ、笑ったら可愛いな」

感情のこもらぬ声で言われ、ボッと顔が赤くなった。笑いはどこかに吹っ飛んでいった。

「え、は？　な、なに言って……」

しどろもどろで目をきょろきょろさせる。そんなことを言われたのは初めてだ。

「そういうところは似ていない」

おろおろする劫を見て悪魔は言った。

「え？　あ……そうなんだ。あの、似てる方がいいの？」

なぜ比べられるのかわからなくて問いかける。胸のモヤモヤをどうやったら消せるのか知りたかった。

「いいってなにがだ？　似ていても同じにはなれないし、なってもしょうがない。おまえはおまえで奴は奴だ、いいも悪いもない」

「そうか……」

なぜホッとしたのかもよくわからなかった。ただ、じゃあ似てるとか比べるな、と文句が込み上げてくる。だけど口にはしなかった。

おまえはおまえだと言われても、自分が何者なのかもわからない劫にとって、それは安心をくれる言葉ではなかった。

「どうした、もう笑わないのか？」

そう言われても、笑うほど楽しい気分になることは滅多にない。さっき笑ったのもすごく久しぶりだった。

でも、いつも思っていた。友達と冗談を言い合って笑いたい。父親と母親に挟まれて、声を出して笑いたい。

「……その人は、よく笑う人だったの？」

「その人って……。考え方に少し似たところがあるというだけで、他は全然似てないぞ。顔はまあ同じ系統かもしれないが、天使と人間では次元が違う」

「天使？　え、天使と親友なの⁉」

「大昔の話だ」

白い天使と黒い天使。資質や嗜好が違うだけの同じ生き物なのだろう。悪魔は堕天使だという説はそういうところから来ているのかもしれない。

「あの……そういえば、名前はなんていうの？」

呼びかけようとして、名前さえ知らなかったことに気づく。

「やっと名前を訊く気になったか。しかし、悪魔に名を訊くというのは、使役するということになるが？」

「使役？　しないよ。自分だってされる気ないくせに。仮名でいいよ。呼び名っていうか……あだなとかそういうの」

多くを期待する気はない。あまり近づきすぎたくない。名前なんて訊かなければよかったかと少し後悔した。

「じゃあ、そうだな。サタさんと呼べ」

「サ、サタさん？　なにその日本的な名前。しかもさん付け。全然悪魔っぽくないんだけど」

「地獄の沙汰も金次第という言葉があるだろう。まあ、本物の地獄では金などなんの役にも立たないが、そういう精神は嫌いではない」

「え、そこからなの？　まあ、なんでもいいけど。じゃあサタさん。今日の院長先生の遺体、見た？」

真面目な顔で問いかける。どうしても確認しておきたいことがあった。

「見たといえば見た」

「あれって、悪魔の仕業なの？　魂が影も形もなかったのは」

「かもしれん。我ではないがな」

それを聞いて少しホッとした。心のどこかで疑っていたのだ。でも、違うと言うなら違うのだろう。サタに隠さなくてはならない理由はない。

「なんで院長先生が……。本当に悪い人ではないんだ。人間にしてはたぶんとてもいい人の部類だと思う。なのに、なんで悪魔に……」

「悪魔だとは限らないが」

「え、悪魔以外にもそういうことをするのがいるの？　俺、あんな遺体初めて見たんだけど」

「天使も悪魔も、基本的には死後、完全に肉体から離れて昇ってきた魂を狩る。新鮮だから美味いなんてことはないから、別に急いで抜き出す必要はない」

「じゃあ、なんであんな……」

「おまえがいくら考えたところでわかることではない。寝ろ。寝られないなら……抱いてやろうか？」

「だ、だ、……」

向けられた艶めかしい視線に、劫は体の芯が熱くなるのを感じた。

「ダメだ。ないない。明日は院長先生の葬儀なんだから」

首をブンブンと横に振って、自分の邪心も吹き飛ばす。すると、サタはニヤリと笑った。

「そうか。せっかく夜空散歩に連れていってやろうかと思ったのに」

「夜空散歩!?　抱くってそういう……」

わざと勘違いするように言ったに違いない。さっきからかったことへの意趣返しか。

「用もなく人を抱いて飛んでやろうなんて気まぐれは、もう金輪際《こんりんざい》起こすことはないかもしれないな」

「う……」

なんて魅惑的な誘いなのだろう。誰だってきっと一度は夢見る。ピーターパンのように空を自在に飛んでみたい、と。

劫も人並みに憧れた。いや、人並み以上に焦《こ》がれた。「高い高い」と父親に宙を舞わせてもらえる子供を見て、あれはどんな気持ちなのだろうと夢想した。

空ほどの高みでなく、父親の両手の先くらいの、そんなほんのちょっとの高さでよかった。一瞬の空中でよかったのだが、幼い劫にとってそれは宇宙に行くより不可能なことに思えた。

絶対に叶えられることのない夢。そんなことを思ったところで、身体を横抱きに抱え上げられる。

「え？」

ふわりと浮いて、次の瞬間にはもう空中に飛び出していた。

劫は慌ててサタの首に腕を回す。ぴったりしがみついて、こうして飛ぶのが初めてではないと思い出した。

最初の時は得体の知れない生き物と落下する恐怖しかなく、必死でしがみついた。結界ごと飛んだ時は、飛んでいるという感覚もなかった。

どちらにしろ、散歩なんていう優雅な気分にはなれず、ピーターパンなんて思い浮かびもしなかった。

しかし、あれからまだたった一日しか経っていない。得体の知れない生き物の素性《すじょう》はかなりわかってきたが、得体が知れないことは今も変わりない。なのに気持ちはまるで違っている。たった一日なのに。

抱かれたことよりも、話をしたことで心が近づいた気がする。目を見て言葉を交わすというのは、きっと肌を合わせる以上に大事なことなのだ。だけどみんな苦もなくそれができてしまうから気づかない。

間近にあるサタの顔を見て、それから恐る恐る地上へと目を向けた。

「わあ……」

黒い絨毯《じゅうたん》の上に光の粒が敷き詰められている。家の明かり、ネオンサイン、車のライト。誰かがなにかの目的で点《とも》している明かりたち。

「きれいだ……」

劫は感動していた。飛行機にも乗ったことはないのだ。すごく心許ないが、この景色と引き替えなら不安も恐怖も呑み込む。

「少しもきれいではない。我は気に入らぬ」

サタは憮然と言った。

「え、なぜ？」

「こんな虫食い……夜は漆黒の闇でなくてはならない。黒く塗り潰すには、人間さえ一掃してしまえばい い。阿鼻叫喚、混沌の末に訪れる闇——さぞ気分がよいだろうな」

サタはその様子を想像したのか、ニヤリと口の端を上げた。それは悪魔らしい冷酷な笑みだったが、心奪われるほどに美しかった。

「だ、ダメだから。あれは虫食いじゃなくて、明かりのひとつひとつが、人が懸命に生きている証《あかし》なんだ。神様だってお許しにならないよ」

一家団欒《だんらん》を演出したり、息抜きの場を提供したり、夜道の安全を願ったり、明かりの下には人々の営みがある。夜の明かりは安全と温かさの象徴だ。

「おまえは温々《ぬくぬく》と浮かれて生きている者どもを見て、妬ましいと思うことはないのか？」

「あるよ。なぜ俺だけ独りなんだろうって、いつも思ってた。でも、みんなが泣いてたからって、気分は晴れないし。それなら笑ってる人を見ている方がいい。だから、壊さないで」

きっと強がりにしか聞こえないだろうが、本心だ。ここに辿り着くまでには紆余曲折《うよきょくせつ》あったけど、今はもうそれでいいと開き直った。

「まるっきり傍観者だな。妬ましいという気持ちを一度くらい爆発させてみろ。幸せそうな奴らを片っ端から抹殺すればスッとするぞ」

サタはけしかけるように言った。

「するわけないよ。人が不幸になったって、俺が幸せになれるわけじゃないもの」

「おまえはどうも諦めがよすぎるな。今まで期待しても無駄だったせいだろうが……掴もうとすれば掴めるものもある」

サタはそう言うと、胸にしがみついていた劫の腋の下に手を入れ、自分から引き剥がした。ぶらんと足がさがり、その下はなにもない空間が何十メートルも続く。

「な、な、なにっ⁉」

背筋が冷やっとして、足をばたつかせれば、なんの踏み応えもないことが恐怖心を増す。血の気が引いて、パニックに陥る。

しかしサタはまったく余裕で、そのまま劫を上空へと放り上げた。

「ひぃぃ――っ！」

死ぬ死ぬ死ぬ！　声にならない悲鳴が夜空に糸を引く。中空で全身が硬直した。

やっぱり悪魔なんか最低だ——と心の中で罵倒《ばとう》し、信じた自分が悪いんだ……と自分を責め、重力に引っ張られて落ち始めた時にはすでにすべてを諦めていた。

胸の前で両手を合わせ、落ちていく。ぎゅっと目をつぶって死を覚悟したが、腋の下をまたサタの手に掴まれる。目を開ければ、すぐ前にサタの顔があって、投げられる前の体勢に戻っていた。

「あ、あ、遊んでるのか⁉　悪趣味だ」

劫は震える声で文句を言った。怖くて泣きそうになって、ホッとして泣きそうになった。

「父親に『高い高い』をしてもらうガキを羨ましそうに見ていただろう。父親ではないが、普通の人間は味わえぬ『スペシャル高い高い』だ。満足か？」

そう言われて、自分の体勢を見て、サタの顔を見て、カーッと赤くなった。この歳になってこんなのは……恥ずかしすぎる。

「ば、馬鹿。高い高いなんてそんなの、子供の頃のことで、こんな大人になってしてもらっても……」

恥ずかしくてどうしようもないのに、嬉しくてくすぐったい。そしてなんだかすごく幸せな気分だ。

まさかこんな大人になって叶えられるとは思いもしなかったし、大人になっても叶えば嬉しいものだということが意外だった。

「あ、あの……ありがとう」

劫は顔を真っ赤にして礼を言った。満たされた気分は、生まれて初めて味わうものだった。

「礼なんか言うと、落とすぞ」

「え、なんでっ⁉」

サタはどうにも礼を言われるのが嫌いらしい。また上空に放り上げられた。

心臓がきゅっと竦み上がったが、なぜかもう怖くはなかった。高い高いというのは、確実に受け止めてもらえるという信頼あってこそ楽しく思えるのだと、二十五歳になって初めて知った。

「諦めなければ叶うこともある。もっと粘れ。あっさり諦められてはつまらない。頑張るほど挫折《ざせつ》がいい味になるのに」

屈折した励ましなのか、ただの感想なのか。

「いい味ってそれ、俺を喰うの前提だよね。……まあいいけど」

いつか喰われるのかもしれない。でも、それもいいかもしれない。

この諦めは心地よくて、劫は悪魔の腕の中で笑顔になる。

「死ぬまではあがいて生きろ。あがいた分だけ魂は輪廻《りんね》の螺旋《らせん》を上がっていく。なんとなく生きてると、ずっと同じところを廻り続けることになる」

悪魔に諭されるのはなんだか変な気分だった。あがく、というのは、幸せになろうと努力すること、だろう。だったら自分は今までまったくあがいてこなかった。諦めることでしか前進できなかった。

「転生して、次も同じような人生ってきついな。でも、もしかしたら前世も同じだったのかもしれないよね……」

人は独りきりではなかなかあがけないのではないだろうか。誰かのために、もしくは、誰かと一緒にいるために、少しでも自分を高めようと必死になれる。

『生きて……命尽きるまで』

時折頭に響くあの声は、副詞が抜けているのかもしれない。『必死で生きて……』そう言いたかったのなら、隣にいてほしかった。誰かがいればきっと必死になれる。

「前世も同じということは、たぶんないな」

「え、前世は違ったってこと？　それとも……俺の魂、新品ってこと？」

「新品というか、イレギュラー？　まあ詳しいことはまだ読み取れないんだが」

後頭部に置かれた手が探るように動いた。それはただ魂の記憶を探っているだけの動作かもしれないが、劫の胸は高鳴った。人と密着することにも触られることにもまだ慣れない。そわそわと落ち着かない。

だけどここで手を離せと言うわけにもいかないから、気を逸らす会話を探した。

「じゃ、じゃあ天国とかってないの？　ずーっと転生するだけ？」

地獄というのはきっと、悪魔に魂を弄ばれている時のことをいうのだろう。白い魂は天使に喰われてすぐに転生すると聞いたが、ご褒美的な休息はないのだろうか。

「転生を繰り返し、ある程度の高みに達した魂が天使になる……という話もある。それだと天使の住む天界が天国ということになるが……大していいところでもない」

「ふーん。でも、サタさんの性に合わないだけで、高潔な魂の集う穏やかなところ、なんじゃないの？」

天使たちがのんびり集っているキラキラした世界を想像すると、そこにサタは似合わない。劫の想像の中でも居心地悪そうな顔をしていた。

「我が歪《ゆが》んでいるように言うな。誰にでも居心地のいい場所なんてあるわけがない。天界といえど、善しかない世界ではない。喜びのある世界には必ず悲しみもある。善があれば必ず悪も存在する。それを認めたがらない奴らの相手をするのが面倒になっただけだ」

「じゃあ、魔界にも善がある？」

「当然」

「ふーん。比率の問題なのかな。善の中に悪があるか、悪の中に善があるか。人間界は半々くらい？」

「時代にもよるが、基本はそうだ」

悪が増えた時代というのは、劫にも推測できた。混沌とした時代。その最たるものは戦争中だろう。

「悪魔っていうのは結局、日本でいうならヤクザみたいなものなのかな。悪の集団だけど、善もなくはない」

「ヤクザ？　……我らをちんけな悪人組織に喩えるな。ただ単に黒いものが好物なだけ。あえて喩えるなら……海苔《のり》の養殖をしている者だ」

それは、海苔も養殖業者も一斉に反論するだろう。

「俺は……サタさんの口に合うかな」

「封印を解かなくても、おまえが白いのはわかる。どう見ても不味《まず》そうだ」

「あ、そう……。もう遅いから、帰ろう」

不味そうだと言われて、おかしなほどに落ち込んでいる自分がいた。本当に、おかしい。好かれたいなんて感情はもうとっくになくしたと思っていた。餌として好物だと言われてもなんの意味もない。わかっているのに……。

「ここで寝てもいいぞ？」

甘やかすような言葉には弱かった。ここで寝ると言ったら、また一晩抱きしめていてくれるのだろうか
……なんて考えが頭をよぎる。なにを考えているのだか。やっぱりおかしい。

「帰る。俺はひとりで寝る」

きっぱり宣言した。甘やかされて流されても、この腕は最後まで受け止めてくれるわけじゃない。今だけだ。

「はいはい」

劫の覚悟を知ってか知らずでか、サタはそれでも甘やかすように言って、劫を横抱きにした。

劫は怖がっているふりで首にぎゅっとしがみつく。冷たい胸に顔を寄せて目を閉じる。

――悪魔の気まぐれは、いったいどれくらい続くものなのだろう。

餌としての価値もない人間に、いつまでもかまい続ける理由はない。話ができる人間が物珍しくて、封印に興味を示しているだけ。遠からず飽きられるに決まっている。

自分自身はなんの魅力もない人間だから。

――わかってる。だから、今だけ。もう少しだけ……。

腕の力を強くすることが劫にできる精一杯のあがきだった。

三

葬儀は曇天の空の下で行われた。

空っぽの遺体を送るのは、普通の人々にとってはごく普通のことなのだろうが、劫にはひどく虚《むな》しく感じられた。

キリスト教の葬儀はカトリックでは神父が取り仕切るのが一般的なので、進行は詞栄に任せ、劫は補佐役に徹した。

子供たちの聖歌が心を洗い流す。透き通った声は切なさを呼び寄せた。

劫にとってはこの教会も施設もいい思い出のある場所ではない。しかし、ここが家だったことは確かだ。院長はみんなのファーザーだった。

その魂がどこに行ったのかとても心配だったが、自分にできることは祈りを捧げることだけだ。

詞栄の美しい声の説教を聞き、参列者は焼香ではなく献花をして故人に別れを告げる。

サタの姿は朝から見えなかった。なんだかんだ言いながら、教会という清浄な場所はやはり苦手なのかもしれない。

姿を消されると、今までのことは全部夢だったのだとあっさり思ってしまえる。あまりに現実離れした存在だから、いなかったのだと思うことに無理がない。

夢を見て、目が覚めて、絶望する。それは子供の頃からよくあることだった。

黒猫がちょっと迷い込んできただけ。あれは野良猫だから、居着くことはない。

そう思うことにして、ブチはどうしただろうかと唐突に思い出す。あれは猫ではない、この世界のものではないと言われて、驚いて放置してしまったが、もしただの猫だったらどうしよう……などと、今さら心配になってきた。

忘れて暢気に夜空の散歩などしていた自分に罪悪感が湧く。

そこへ鎮魂の鐘の音が鳴り響いた。澄んだ音が今日はもの悲しく聞こえて、劫の胸を打った。

「見ーつけた」

出棺を後方から見守っていた劫の耳に、場違いな明るい声が飛び込んできた。ハッと周囲を見回したが、そんなことを言いそうな人の姿は見当たらなかった。

空耳か、またなにかおかしな生き物の声を聞いたのか。聞かなかったことにしようと棺に視線を戻すと、目の前に白い顔が出現した。

「ひっ！」

劫は思わず引きつった悲鳴を上げる。

黒髪をすべて後ろに流し、額を全開にした顔は美しかったが、無邪気な子供の冷酷さをその表情に宿していた。細い眉、グレーの瞳、薄い唇に浮かぶ歪んだ笑み。歳は自分とそう変わらないように見えるが、見た目と年齢はイコールではないだろう。

顔に続いて体が露《あらわ》になった。頭には角が二本、背中には黒い翼があり、黒い布を巻き付けたような服を着ている。サタと違うところは上半身も布に覆われていることだ。悪魔にもおしゃれがあるのか？　などと、変な疑問が浮かぶ。

「また、悪魔か……」

劫はげんなり呟いた。唐突《とうとつ》な出現に驚いたが、何者かわかれば心拍はあっさり落ち着いた。

「そう、悪魔様だよ」

サタよりはかなり軽い口調だった。体つきもわりと細身で、肉体的な威圧感はない。しかし表情はサタ以上に悪魔らしかった。

「俺に、なにか用？」

劫は静かに問いかけ、じわりとその場から離れる。

後方から全体を見渡していたので、棺を見送る人垣からは少し離れているが、近くにもちらほら人の姿はあった。しかし小声で話す劫に注意を払う人はいない。劫の悲鳴にちらりと目を向けた人はいたが、すぐに何事もなかったかのように視線を棺の方へと戻した。

誰もこちらに意識を払っていないからといって、こんなところで悪魔と話をしているわけにはいかない。持ち場を離れる劫を咎める者も不審に思う者もいなかった。もちろん悪魔の姿は誰にも見えていない。

「やっと見つけた、天使の子」

「……え？」

天使の子？　そのグレーの瞳はじっと自分を見ているが、それが自分のことだとは到底思えなかった。

「俺はただの人間だけど」

「ただの人間？　それはないな。封印が……んん？　おまえ、もしかして交わっちゃった？　奴と」

汚いものを見るような目で、上から下までじろじろと見られる。

奴というのが誰のことかわからなくても、交わったと言える相手はひとりしかいない。悪魔にはそんなことまでわかるのだろうか。

「へえ、こういうのがタイプなのか……ふーん」

触れようと伸ばしてきた手から反射的に逃れる。触られたくないのは、記憶を読まれたくないから、だけではなかった。

「あいつを受け入れて私を拒むっていうの？　それは許しがたいな」

悪魔は酷薄に笑って劫の顎を掴み、強引に唇を奪った。

「ん、んんっ⁉」

じたばたする劫を抱いて、上空にふわりと浮き上がる。が、三十センチも浮かないうちに、横からなにかの衝撃を受けて吹き飛ばされた。

直接攻撃を喰らったのは悪魔だったが、抱かれていた劫も巻き添えで吹っ飛んだ。しかし地面に落ちる寸前で、なにかに受け止められた。

劫は反射的にサタかと思った。しかし見上げると清廉《せいれん》な横顔があった。

「あ、詞栄……ありがとう」

出棺を先導していたはずなのに、なぜこんなところにいるのか。表の方に目を向ければ、棺を載せた車が火葬場へと走り出すところだった。詞栄はあれに乗ることになっていた。

「詞栄、火葬場っ」

「それはいいんだ」

詞栄はどうでもいいことのように言って、焦る劫をぎゅっと抱きしめた。

詞栄がここにいるのに、参列者たちが誰ひとりとしてこちらを気にしないのはおかしい。自分だけならスルーされてもいつものことだが、詞栄さえも誰にも見えていないようだった。

「劫、ごめん。気づかなくて……」

詞栄は劫の頭に唇を寄せて謝る。

「え、全然、詞栄が謝ることじゃないよ」

詞栄に抱きしめられるのはなんだかくすぐったい。しかし、腕の力が詞栄らしくなかった。離さないという強い意思を感じる、強い力。いつもとはなにかが違う。

詞栄はいったいなにに気づいて、なにを謝ったのだろう。

悪魔が見えていなければ、劫だけが浮いて吹き飛ばされるという、かなり異様な光景だったはずだ。

「ごめん……」

しかし詞栄は劫をしっかりと抱きしめて謝るばかり。

「己の使命はまっとうしないとなあ、神父」

声が聞こえて劫はハッとそちらに視線を向ける。サタが少し離れたところに立っていた。角度的にさっき悪魔を吹っ飛ばしたのはサタの仕業だろう。その表情はきわめて不機嫌そうで、視線は詞栄に当てられていた。

「使命？」

「なんでもないよ、劫は気にしなくていい」

詞栄の言葉に驚いた。

「え、詞栄にも見えてるの？」

「うん。……見えるよ。邪悪な物体が二つ」

詞栄も霊感は強いから、自分に見えるものが見えていたとしても不思議ではない。自分だけではないということがとても心強かった。

劫は体勢を立て直して詞栄の横に立つ。吹き飛ばされた悪魔は翼を広げて上空にふわふわと浮いていた。

「邪悪、ね……。それよりペイル、おまえはなにをしに来た？　なぜ、こいつにちょっかいをかける？」

サタは浮いている悪魔に問いかけた。

「あなたこそなにをしているんですか？　こんなところで」

ペイルと呼ばれた悪魔はニヤニヤと嫌な笑みを浮かべてサタに問い返した。

「訊いているのは我だ、答えよ」

どうやら格はサタの方が上らしい。厳しい命令口調にペイルは肩を竦めた。

「散歩ですよ。私はグルメだから、ちょくちょく人界に降りて、美味しそうな魂をピックアップしてるんです。いい匂いがすると思ったら、あなたのお手つきとはね」

「いい匂い？　劫が？」

サタは不審の目をペイルに向ける。こいつからいい匂いなどするはずがない、という顔だ。

どの悪魔も黒い魂を好むのなら、おまえは白いとサタに言われた劫が美味しそうなはずはなかった。

「あなたが人界に降りるのも珍しいけど、人間と戯《たわむ》れるだなんて……。なにか狙《ねら》いがおありですか？」

逆にペイルが問いかけ、サタが眉をひそめた。

「狙い？」

「まさか偶然？　うわー、なんなんだろうね。本当、目障りっていうかなんていうか……。とりあえず私は引き揚げます。それでは」

「ペイル！」

悪魔はスッと姿を消し、サタは呼び止めたものの追おうとはしなかった。

「お、お友達？」

絶対に違うだろうと思いながら、劫はサタに問いかける。

「友などではない。どちらかというと敵だな」

「敵……」

確かにその方がしっくりくる。敬語を使ってはいたものの、態度はふてぶてしく、わかりやすく慇懃無《いんぎんぶ》礼《れい》だった。

「あいつのことはいい。それより神父、おまえはどうするつもりだ？」

サタが不機嫌の矛先《ほこさき》を詞栄に戻す。

「あ、もう火葬場に行かないと。劫も行くだろ？」

詞栄はサタを無視して露骨に話を逸らし、劫の手を引いて駐車場へと向かう。悪魔と話をする気はない、ということだろう。

サタはその失礼な態度にも特に文句を言うことはなかった。劫は詞栄に手を引かれるまま歩き出し、数歩進んだところで気になって振り返ると、すでにサタの姿は消えていた。

詞栄に悪魔について問いかけてみたが、その口は重かった。

「劫、ダメだよ、悪魔と話なんかしたら……。悪魔は悪魔なんだから」

厳しい顔でそう釘を刺されただけ。

「うん」

と、劫は答えたものの、サタを忌避する気持ちは生まれなかった。もうひとりの悪魔とは二度と会いたくないけれど。

家に帰ってサタがいるとホッとするのだ。

サタが家に居着いて一週間が経っていた。自分でドリップコーヒーを淹れ、どこからか調達してきた真っ黒なマイカップに注ぎ、窓際のリラックスチェアに腰掛けて主に香りを楽しむ。

「食事は魂だけなの？」

謎の生態について問いかける。

「人間の食べ物も喰えないことはないが、喰う必要はない。コーヒーも特に飲む必要はない。色と香りが好きなだけだ」

「ふーん。服も家もいらないんだから、すごく安上がりだよね」

「安いもなにも、金というものがないからな」

コーヒーはいつも二杯分淹れてあった。カップに注いでくれるわけではないが、飲んでも文句は言わない。それどころか自慢される。

「我の淹れたコーヒーは絶品であろう」

同じコーヒー豆なのだからそう味は違わないはずだが、確かに美味しい。でもそれは、淹れ方がどうというよりは、他人が淹れてくれたものだからだろう。

「まああかな」

「貧相な嗅覚だ」

悪魔にとっては味覚より嗅覚が重要らしい。

「あのペイルって悪魔は、まだ人界にいるの？」

「たぶんな。おまえ、あいつになにか言われたか？」

「ん？　いや、なにも」

天使の子、という言葉は劫には受け入れられなかった。あんなのはなにかの間違いに決まっている。

「あいつは昔からなにかと我に絡んでくる傾向がある。まあ、悪魔というのは得てして好戦的なものではあるが」

「昔って……どれくらいなの？」

「さあ、もう忘れてしまったな」

「ふーん、やっぱり悪魔でも歳を取ると忘れっぽくなるんだ……」

感心したように言えば、ムッとした顔で睨まれた。劫は声を出して笑う。

悪魔は悪魔だと詞栄は言ったが、どうしてもサタを警戒する気になれない。進んで遠ざけることはきっとできない。

そばにいると楽しくて、その顔を見ると嬉しくて、少しでも長くこの時が続けばいいと願ってしまう。

劫はソファに腰を下ろして、サタの顔をじっと見つめる。

「あのさ」

いつまでいるの？　その質問を何度呑み込んだことか。

「なんだ？」

悪魔を引き留める術《すべ》なんてあるわけがない。行かないでと泣いてすがったところで、それこそ「悪魔は悪魔」だから、あっさり切り捨てられるだろう。そんなことをする気はないが。

「羽を……一本、もらえない？」

確かに自分の相手をしてくれる人がいたと思えるなにかが欲しかった。いなくなっても、それがあればきっと寂しくない。

「羽？　なにに使う？」

「え……別に、きれいだったから飾ろうかなって思って。なにに使えるの？　羽って、アクセサリーにするか、ゴミを払うかくらいしか用途知らないんだけど」

「我の羽でゴミを払う気か？　殺すぞ」

カップを揺らし、優雅に脅《おど》された。冗談だと思うが表情は冷ややかだ。

「いや、だから飾っておくだけだって」

「それはおまえの願い事か？」

「え、まさか羽一本と魂を引き替えに、とか言う？」

悪魔の羽とはそんなに価値のあるものなのだろうか。しかし他にもらえそうなものが見当たらない。

「馬鹿を言うな。我の羽の方が、おまえの魂より高価に決まっている」

「すごく……感じ悪い」

「悪魔だからな」

どこからどこまでが冗談なのかわからない。サタは掴み所がない。飄々《ひょうひょう》としていて気まぐれで、きっと残忍なところもあるのだろう。ペイルや詞栄を見る時の目は、殺気すら感じさせる冷ややかさだった。指先ひとつでなんの躊躇もなく人の命を消してしまう、そんな漫画みたいな力が本当にあるのかもしれない。

「悪魔、なんだよね……」

しょせん人とは相容れない生き物。出会っただけで奇跡なのだ。こうして話をしていられるのも、ましてや抱かれたことなんて、とんでもない奇跡に違いない。

劫は深々と溜息をついた。奇跡が起こったのに、それ以上を望むなんて贅沢というものだろう。

「抱かれたいなら言えと言っただろう」

サタの言葉の意味を劫はしばし掴みかねた。

「え？　ええ⁉　いきなりなに言ってんの⁉」

「今すごく、エロい顔をしていた」

「え、エロいって……してないよ！」

サタの口から時々今時の言葉が出てくるが、意味をちゃんとわかって使っているのだろうか。抱かれたいなんて思った記憶はない。ただ少し寂しいなと思っただけだ。

「言ってみろ。気が向くかもしれん」

「明日も葬儀があるんだから、俺はおとなしく独りで寝るよ」

「葬儀の前日はしない、なんてことを言っていると、おまえはする暇がないだろう。不能になるぞ」

「余計なお世話です。どうせ誰ともする予定なんてないんだから、もういっそ不能でいいよ」

やけくそで言う。生涯することはないのだろうと思っていたのだから、一度でも、たとえ相手が人間でなくても、できてよかった。

そう思った時、耳の後ろをなにかにくすぐられ、ゾワッと悪寒が走った。その信号はダイレクトに股間を刺激する。

「な、な、……?」

慌てて耳の後ろを押さえたが、サタは前方にいて、後ろには誰もいない。

――自分の髪の毛にでも感じてしまったのか？　そんな馬鹿な……。

困惑しながら、もぞもぞと足を閉じて腰を引いた。サタに抱かれてから一度も自分ではしていなかった。

しかし、一週間くらいしなくても、それは劫にとって普通のことだった。

そんな劫を見て、サタが笑う。

「不能どころか、感度はよすぎるくらいだな。欲求不満は早々に解消しておいた方がいい。でないと、葬儀の最中でもしたくてたまらなくなるぞ？」

「そ、そんなわけ――⁉」

ビクッと劫の体が跳ねた。

自分でも自分の体になにが起こったのかわからなかった。確かに今、胸を……乳首の先をなにかに擦られた。

――今度は服に感じてしまったのか⁉　まさか。

サタがニヤニヤ楽しそうに笑っているのが気になる。腕も足も組んでいるのだけど、ソファとリラックスチェアの間にはローテーブルがあって到底手の届く距離ではないのだけど、なんだか怪しい。

「なにかした？」

「なにを？」

涼しい顔で問い返されると、疑っては悪い気がして訊けなくなる。

しかし今度は、なにかが偶然触れたとは考えようがなかった。ズボンと下着の中にきっちり収まっているはずのものをぎゅっと握られた。

「ひっ！」

腰が浮いた。そしてやんわり扱《しご》かれる。股間を見てもなにもない。

「な、な、あっ！　……なにして、……んのっ、ヤ、メ……」

腰をよじり股間を押さえるが、どういうメカニズムなのか、まるで手応えがない。自分の手で自分のものを強く掴んでも、別の手が優しくそれを撫でる。

「や、あ……ぁ……」

止めようがない。腰を引いて、股間を両手で必死に押さえる。だけど徐々に硬くなり勃《た》ち上がろうとするものを押さえ込むことができない。

「そろそろきついだろう？　脱いだらどうだ？」

サタは涼しい顔で腕組みをしたままこちらを観察している。

「な、なにして……やめ、って……、ヤだ……っ」

股間がジンジンと痺れてきた。

なんでこんなことをされるのかわからない。嫌がらせなら、もっとひどくしてほしかった。こんなふうに優しく触れられると、勘違いをしてしまう。経験がないから、免疫もない。

「可愛く喘げたらやめてやろう。それとも、取り出して自分でするか？」

「な、なんでっ、こんな……」

涙目で問いかける。

「堕ちるのは気持ちよかっただろう？　思い出してみろ」

笑顔には悪魔らしい残忍さが潜んでいた。気持ちよかったことを思い出しても、後の責任なんてとってはくれない。独りで堕ちるだけ。

「イヤ、だ……」

独りはイヤだ。でも、抗えない。心臓を鷲掴みにされているかのようだ。握りつぶされるのが怖いのに、もっと撫でてほしいと思っている。

「あ……イヤ、……サタさ……ンッ……」

耐えきれずにズボンと下着をずらすと、窮屈さを訴えていたものが勢いよく飛び出した。それが恥ずかしくてならないのに、先端からは滴《しずく》がとめどなく溢れ、手も触れていないのにヒクヒクと反応している。

「あ、ん、ん……」

それを自分の手で握れば、くちゅっとイヤらしい音がした。ぎゅっと強く握っても、優しく擦られる快感に勝てない。

「も、やめ……ぁ……あ、ぁんっ……」

腰が揺れる。

「助けを求めるか？　あの神父なら喜んでやってくるだろうな」

「え？　詞栄？　いや、いやだ……いやだ……」

こんなところを見られたくない。詞栄は聖域なのだ。そういう相手ではない。

「なるほど……完璧な保護者をやってたわけか……」

ボソッとサタが呟いたが、劫の耳には入っていなかった。

腰が揺れて止まらない。恥じらいは徐々に失われ、快感を追うことしか考えられなくなる。

こういうのを堕ちていくというのだろうか。堕落、しているのだろうか。

「ん……んっ、んっ……」

気持ちよくてたまらない。でもサタの冷静な視線が気になった。顔を逸らして目を閉じると、途端に刺激がなくなった。自分の手の感触だけになる。

「え……」

目を開けると、サタは口の端を引き上げた。

「自分でやれ。そこでは終われぬだろう？」

「……悪魔」

言ってもしょうのないことが思わず口をついて出た。

「いかにも。褒め言葉として受け取っておこう」

悪魔に悪態をつくのは、カラスに残飯を投げるようなものかもしれない。

「我にしてほしいなら、その口で言え。してやらないでもない」

足を高々と組んで、高みから見下ろすように言う。王の貫禄だ。

――絶対、頼んだら断られる。直感で思った。

下手に出る者を、無慈悲に上から小突き回し、傷つくのを見て楽しむ、そんなふるまいがよく似合う。

劫は耳まで真っ赤にして、自分のものを自分で擦り始めた。恥ずかしい方がまだマシだ。

「ん、ん……んっ」

声を殺して地味に達した。

手の中の白濁をティッシュで拭き取りながら、なにも目の前でやらなくてもよかったのだと今さら気づく。さっきまではここでしないといけないような気がしていたのだが、それもサタの術中にはまっていたからなのだろうか。

時間的には短かったのに、なんだかすごく消耗《しょうもう》した。きっと自分はサタのおもちゃにすぎないのだろう。魂をいたぶって遊ぶ代わりに、魂を封印されたちょっと珍しい人間で遊んでいる。

心身ともにぐったりして、サタの顔を見ることができなかった。観察されている自分を知りたくない。

「可愛げのない」

「そんなの……俺にあるわけないだろ」

デリケートになっている劫の心に、その言葉は鋭く突き刺さった。俯き加減のまま風呂場に逃げ込む。

体に残る火照《ほて》りと、心にしつこく残る小さな希望を、冷たいシャワーで洗い流した。

四

今日も今日とて葬儀、なのだが。

「え、食中毒？　三人一緒に、ですか？　俺と社長だけって、冗談でしょう？」

昨夜、電話番だった社長以外の三人で居酒屋に行って、なにかがあたったらしい。たぶん生牡蠣《なまがき》だろうということだったが、そんなのはなんでもいい。自分だけ誘われなかったのも、もう今さらだからかまわない。

しかし、葬儀を二人で回さなくてはならないというのは、かなり厳しかった。元々五人しかいない小所帯なのに、三人も倒れたら存続の危機だ。

組合に応援を頼んでみたが、まだ色よい返事はもらえていない。

「とにかく、頑張ります」

今日はわりと小規模の葬儀なので、二人でも頑張ればなんとかなる。もちろんものすごく頑張れば、だが。

「頼む、静内。俺も歳だから……」

社長にそう言われて劫は俄然はりきった。こんなに人に頼りにされたのは初めてかもしれない。

ペイルが現れた日から、サタは劫のそばにいることが多くなっていた。

『あれはなにか企《たくら》んでいる。あいつがおまえを我の所有物と考えている以上、おまえになにかあると、まるで我が出し抜かれたかのようで気分が悪い』

というのが、サタの言い分だった。結果的には護ってもらっていることになるのだが、なんだか素直に感謝できなかった。

そばにいてくれることも、嬉しいのが半分、いなくなるのを恐れる気持ちが半分。先日のような悪趣味ないたずらはされていないが、悪魔はこまごまと意地悪だった。

それに言い返しているうちに、劫もどんどん遠慮がなくなって、本当の自分はけっこう厚かましくて図太い人間なのかもしれないと思ったりもした。

「あの、そこでふわふわしてるんなら、手伝ってくれない？」

裸の悪魔が葬儀場でふわふわ浮いているのはかなり目障りだった。もちろん見えているのは劫にだけだが。

「おまえは本気で言っているのか？　この我に人間の葬儀の手伝いをしろ、と」

確かにおかしなことを言った。悪魔に死者を送り出す儀式の手伝いをしろ、だなんて。それにきっと、先日のペイルの様子からして、サタは魔界ではそれなりに偉い人に違いない。

忙しくて苛々《いらいら》して当たってしまったのだ。

やはり二人では厳しかった。まだ葬儀も始まっていないのに、すでに綻びが出始めている。消沈している遺族に気を遣わせたり心配させたりするのは本意ではない。

「サタさんなら、教えなくてもなんでも完璧にこなせるでしょ？　人間に害を与えずに姿が見えるようにすることも、本当はできるんじゃない？」

当て推量で持ち上げてみる。劫の記憶には段取りも入っているはずで、それでなくても全知全能に少し欠けるくらいの能力の持ち主なら、葬儀くらいは屁でもないだろう。

「できてもやらぬわ。我に頼み事をするのなら……」

「いいです。頼みません」

サタがなにを言うかわかったので、喰い気味に辞退した。魂と引き替えなんて無理に決まっている。ここで言い合っている時間がもったいない。

通夜は終わっていたので、祭壇と会場ができていたのは救いだった。しかし、遺族と打ち合わせをし、返礼品や弔電を確認し、精進落《しょうじん》としの会席を準備し、早めに来た弔問客を誘導し……社長と二人で雑多な仕事をこなしていくが、目が回るようだ。

「おい、少し休め。おまえ、顔色が悪いぞ」

サタに言われて、目が回るようなのが忙しさのせいばかりではないことに気づく。

「これくらいどうってことない。葬儀は故人が生きてきた最後を締め括る儀式なんだ。遺族のためにもちゃんとやり遂げないと……。それに、葬儀屋が葬儀も満足にできないなんて悪評が立ったら、会社が潰れてしまう。失業は困るんだ。請け負ったからには完璧にやる」

顔色が悪いのは、たぶん少し風邪気味なのだろう。寒気がする。でも大したことはない。

「おまえは……」

サタが溜息交じりになにかを言いかけた時、見覚えのある姿を見つけて、劫はそちらに意識を移す。

「詞栄、どうしたの？　故人の知り合い？」

詞栄はいつもの司祭服ではなく、普通の黒いスーツを身につけていた。心がぎすぎすしている時にその姿を見ると、ほわっと癒《いや》される心地がする。

「お花屋さんに、小野葬儀社さん大変だって話を聞いて……。僕になにか手伝えることはあるかな？」

「え、手伝ってくれるの⁉　ありがとう。じゃあ弔問客の誘導とか表の方をやってくれる？　詞栄なら安心して任せられる」

ありがたくて思わず詞栄の手を両手で握って礼を言った。ものすごく助かる。

「わかった。任せて。宗旨は違うけど、お葬式にはそこそこ慣れてるからね」

詞栄はやっぱりサタのことをきれいに無視した。そして客の誘導だけでなく、供花の並びや弔電の仕分けなどもてきぱきとやってくれる。

葬儀の開始時間が迫るにつれ、頭がぼんやりしてきた。風邪なんてほとんどひいたこともないのに、こんな大事なところで悪化しなくてもよさそうなものだ。

この十日ほどで、これまでの人生すべてを合わせた分よりも遙かに心が揺れた。思うよりも疲れていたのかもしれない。

しかし、これから司会を務めなくてはならないのだ。もう少し頑張ろう、と足を踏み出して、ふらりとよろける。重力のまま落ちそうになった体を抱き留められた。

「……しょうがない」

声がして、自分を抱いている相手を見れば、サタがいかにも仕立てのいい黒のスーツを着ていた。

「え、どこからスーツ……」

そんな疑問も吹き飛ぶほど、スーツを着たサタは格好よかった。美しく気品もあって、ほれぼれと見惚《みと》れてしまう。喪服を着た王子様といった風情《ふぜい》だが、同じ王子風でも詞栄は清廉な感じだが、こちらはとても不吉な感じがする。

やはり悪魔。もしくは死神。でなければ、ビジュアル系。

「我に不可能なことはほとんどない。おまえは裏でくたばっていろ」

ほとんど、と言ってしまうところにサタの「善」を見る。全知全能に少し欠けるとも言っていた。変なところで正直だ。

そして、今仕事を手伝ってくれようとしているのは、絶対に確実に「善」だ。もしかしたらすごくいい奴なんじゃないか……なんてことを思ってしまう。

劫はスーツのポケットから黒いゴムを取り出した。仕事でコード類や花などをまとめる時に重宝するので、いつもポケットに忍ばせている。それでサタの長い黒髪を後ろでひとまとめにした。とても手触りのいい髪だ。

「うん、すごく格好いい」

サタは縛られて嫌そうに首を振ったが、そのままマイク前に立つと、まるで何度も練習を重ねた役者のように朗々と役をこなした。

劫の記憶も役立てているのだろうが、劫よりも完璧な司会ぶりだった。なにも教えていないが、いささかの不安も感じない。

ただ弔問客は少しざわついていた。それは見た目の問題だろう。葬儀なので黄色い声は聞こえないが、特に若い女性から熱い視線が注がれている。

「だ、誰なの、あれ?」

社長が驚いた顔で問いかけてきた。

「えーと、友達です」

そう声に出してみて、「友達」という言葉の響きに心が浮き立った。誰かに誰かを自分の友達だと紹介する、そんなシチュエーションに憧れていた。一度言ってみたかったのだ。

「そ、そうか」

社長はそれ以上追及してこなかった。疑問に思うところはもっと他にもあるはずなのだが。

それでも最近はたまに仕事以外のことでも話しかけてもらえることがあった。社長が一番劫の変化に敏感で、従業員でも相変わらず劫のことはまったくスルーという人もいる。

サタが現れて、劫の世界は大きく変わった。いい方になのか、悪い方になのかはまだわからない。しかし変化は劫の気持ちを確実に明るくした。

「ありがとう、サタさん。休ませてもらったおかげですごく楽になった」

すべてが滞りなく終わった空っぽの会場で劫はサタに礼を言った。やらなきゃというプレッシャーも具合を悪くさせていたようだ。

「礼を言うなと何度言えばわかる。ただの暇潰しだ」

足を高々と組んで椅子に座ったサタは、すでにいつもの格好に戻っていた。

「女の人たちが、モデルさんみたいだって噂してたよ。すごくカッコイイって」

さらに詞栄もいたものだから、この葬儀屋さんはイケメン揃い、という話になっていた。そう女性たちが話している横を通ったが、劫はあえて訂正しなかった。それで客が増えたらいいな、という消極的な営業。若い女性ではあまり葬儀需要はなさそうだが。

「我をなにかに喩えて褒めるなど無礼な。人間の雌に興味はない」

それなら雄にはさらに興味がないだろう。

「そういえば、悪魔って恋とかするの？　やっぱり悪魔同士で？」

男と女で？　と訊きそうになって、そんな当たり前のこと……と、引っ込めた。

「恋？　さあ……遠い昔にしたような気もするが、忘れたな。周りには相手かまわずさかってるようなのが多いが。子をなすことはないし、家族という概念もない。自由恋愛、自由解散、だな」

「なんにつけ自由なんだ……」

束縛されるのが嫌いなのだろう。猫のように気ままで、風のように自由。繋ぎ留めておく術は見つからない。

繋ぎ留めておきたい——そう思うのは、単に独りに戻るのが寂しいからだ。それだけだ。独りには慣れているし、ずっと独りだという覚悟もできていたのに。いなくなることを思うと心が冷える。悪魔に罪作りを責めても、嬉しそうな顔をされるだけだろう。

溜息をつくと顎を掴まれ、顔を上げさせられた。

「抱かれたくなったら自分で言えと言っただろう？」

「そっ、そんなこと考えてないよっ」

劫はブンブンと首を横に強く振って、その手を振り払った。

「そういう顔だった」

サタが笑う。その笑顔を見たら胸が熱くなった。離れたくないのは本当に寂しさだけが理由だろうか。

「悪魔の目ってなんかおかしいんじゃない？」

ひどく切なくなって、劫はぶっきらぼうに返した。

「我は友達、なんだろう？」

サタに言われて、一瞬なんのことだかわからなかった。

「え、あ……他になんと言いようもなかったから。ごめん」

社長にそう言ったのを聞いたのか、読み取ったのか。人間と友達扱いされるなど、プライドの高い悪魔には許しがたいことなのかもしれないと、思わず謝った。

「友達に、なってやってもいいぞ？」

「え⁉」

「おまえが頼むならな」

「頼むって……まさかそれも見返りを要求されたり、とか……」

まさかと思ってサタを見れば、ニヤッと肯定の笑みが返ってきた。

魂と引き替えに友達。確かに劫にとってはそれくらい欲しいものだが、それじゃダメだ、ということくらいはさすがにわかる。

「それ、友達じゃないから」

「おまえの魂でいいと言っているのだから、すでに友情割引ではないか」

「ん？　んん？　どういう……もしかして俺、からかわれてる？」

サタはまたニヤッと笑った。劫はムッと口をへの字に結ぶ。

だけど楽しくて、友達になってくれたらいいのにな……と思う。死後払いでいいなら、魂を担保に友達でいてもらうことは可能だろうか。

それじゃダメだ、とさっき思ったばかりなのに、それでもいいから、と弱い心が顔を出す。

「あ、詞栄にもお礼を言わなくちゃ。会食の方は終わったかな。おばさまたちに捕まってたけど……」

この場から離れたくなって、そわそわと詞栄を探しに歩き出す。

まだ教会の方も落ち着いていなくて、詞栄だって貴重な休日にしたいことがたくさんあったはずだ。それを後回しにしてこちらを手伝ってくれた。

就職してから会う頻度も減っていたのだが、先日の葬儀からは頻繁に連絡をくれるようになった。悪魔のことを邪悪なものと言っていたから、心配してくれているのかもしれない。

「持つべきものは友達って、こういう時に使うのかな」

劫は歩きながらぼそっと呟いた。

「友達、ねえ」

悪魔だから地獄耳なのか。サタは聞き逃さず、馬鹿にしたように鼻で笑った。やっぱり詞栄のことは気に入らないらしい。

出入り口の扉は大きく開け放たれたままで、廊下に出ようとしたところで、すぐ外に立っている詞栄を見つけた。

「あ、詞栄……今日は本当にありがとう」

劫は笑顔で礼を言った。でも、いつも柔和《にゅうわ》な笑顔で答えてくれる詞栄が、険《けわ》しい表情のままこちらを見つめて動かない。

「詞栄？　……疲れた？」

いくらなんでも好意に甘えすぎてしまったのだろうか。不安が膨らむ。

「ごめ……」

とりあえず謝ろうとしたのだが、詞栄の強い声に掻き消された。

「劫、ダメだよ」

「ダメ?」

そう言われて詞栄には見えるのだということを思い出した。今のやり取りも見られていたのだろうか。

「悪魔なんかに心を許しちゃダメだ」

「心を許しているわけじゃないよ。でも、今日も助けてもらったし、そんなに悪い奴じゃ……」

誤解や偏見があるなら正そうと口を開いたが、詞栄の表情は変わらず、聞く耳を持っているようには見えなかった。

「それは悪魔の手口だ。信用させて、裏切るんだ。絶望させるんだ。だから絶対信じちゃダメだ……劫、頼むから……」

肩をギュッと掴まれる。それは繊細なイメージの詞栄からは想像できないほど強い力だった。

「詞栄? どうしたんた? 大丈夫だよ、俺は。いなくなるって、ちゃんとわかってるから……信じてないよ」

言いながら少し切なくなったが、劫は詞栄を安心させようと笑ってみせた。しかし、力はまったく緩まない。それどころかさらに力が入って、劫は痛みに眉を寄せたが、詞栄は自分の中にしか目を向けていなかった。

「ダメだ。劫は渡さない。それも……なんでよりによってあんな奴……。ダメなんだよ。僕は自分を止められなくなってしまう――」

肩を掴んでいた手に引き寄せられ、詞栄の胸に倒れ込んだ。そしてしっかりと抱きしめられる。

「し、詞栄？」

劫は呆然とされるがまま。いったい詞栄はどうしてしまったのか。なにがどうしてこうなったのか、さっぱりわからない。

確か七年前、互いに独り暮らしを始める時にも、こうして抱きしめられたことがあった。離れて寂しいのは自分だけじゃないのだと、すごく嬉しかったのを覚えている。でも、体を離した詞栄は目を合わせてくれなくなって、それからかなり長く会わなかった。

子供の頃から一緒だが、感情的な詞栄というのはあまり見たことがない。いつだって冷静で穏やかで、声を荒げることもほとんどなかった。

「止めなければいい。そのまま堕ちろ。真っ黒に染まれば、こちらで受け入れてやらなくもない」

のんびりした声に目を向けば、サタは椅子に座ったまま優雅に微笑んでいた。

「貴様、サタニス……」

詞栄は劫を抱きしめたまま、憎悪をにじませて言った
「ほう。我が名を知っているか。まあそれも愛称というやつだが」

サタの飄々とした言葉に、

「おまえの名を知らない者など……」

詞栄は言い返そうとして、言葉尻を呑み込んだ。

「天界にはおらぬ、か？」

サタはニヤッと笑って、詞栄が呑み込んだ言葉を口にした。

なぜ詞栄が、劫も知らないサタの愛称を知っているのか。劫は混乱したまま詞栄から離れようとしたが、

さらにきつく抱きしめられる。詞栄は腕の中の劫をサタから隠すように、サタに背を向けた。

「天界？」

詞栄に問いかける。二人がいったいなにを話しているのか理解できない。

サタが天界で有名だと聞いても、そうなのかと思うだけだが、なぜ詞栄がそれを知っているのか、という疑問には答えが見つけられなかった。今の話し方では、まるで……。

「それは天使だ、地上勤務のな。主な仕事は、見張り、か？」

「天使？　詞栄が？　なに言ってんの」

サタの言葉はまったく信じられなかった。最近は信じられないことばかり起きるが、詞栄が天使だなんてありえない。ずっと一緒だったのだ。たったひとりの友達なのだ。

否定してほしくて詞栄を見るが、詞栄は俯いて顔を逸らしたまま、こちらを見てくれない。

「ごめん、劫……」

その口からそんな言葉が漏れて、ありえないことが真実なのだと知る。だけどやっぱり信じられない。

「詞栄まで、どうしたの？　天使って……。もしかして、見張りって、俺を？」

混乱したまま、思い当たって問いかけた。全部冗談だよ、と言ってくれるのを待っていた。

「見張りじゃない。見守っていたんだ」

それは期待していた言葉ではなかった。否定してほしいのは、そんなことじゃない。

「本当に、本当に天使なの？」

「それは……そう」

詞栄は認めた。

だけど呑み込めない。認められない。

困惑して体を離せば、詞栄の腕は今までの力が嘘のように、だらんと垂れ下がる。その顔をじっと見つめるが、詞栄は目を合わせてくれない。

「俺って、見張ってなきゃいけないような奴なの？」

「違う。見張りじゃない。違うんだ、劫」

苦しげな顔を見ると、責め立てたい気持ちが急速に萎える。詞栄が悪いわけじゃない。天使だから、業務だから、付き合ってくれていた。それだけのことだ。

「そっか……俺のことを見てくれる人間って、本当に誰もいないんだ……」

詞栄だけだった。呰が消えてなくなってしまった。人間に見えない奴がなぜ存在しているのだろう。いてもいなくてもいい人間。いや、もしかしたらいない方がいい人間なのかもしれない。

「俺ってなんか、悪いことしそうな魂を持ってるとか？　だから封印されてるの？　で、それが解けないように見張ってるのか……」

つじつまが合ってしまった。でも、それなら優しくなんてしないで、さっさと殺してくれたらよかった。天使だからそういうことはできないのだろうか。自然に死ぬのをそばで待っていたのか。

「違う、そうじゃない。劫に罪なんかなにひとつない。それどころかとても純粋な……きれいな魂を持っている。だからこそ僕は見守って……いや、見つめてきたんだ、ずっと」

詞栄は熱く言ったけれど、劫の心には穴が開いたようで、吹き込む風が熱を冷ました。

自分はなぜここにいるのだろう……その思いだけがグルグルと回る。気持ち悪い。頭がクラクラするのは風邪のせいなのだろうか。

「劫、その封印はきみを護っているんだ。レイティ様は命がけで劫を……」

「レイティ、だと⁉」

驚きの声を上げたのは、それまで黙って聞いていたサタだった。珍しく表情にも驚きが表れていた。

詞栄はハッと口を噤んだ。言ってはならないことだったのだろう。

しかし聞いてしまったら、さらに詳しく訊きたくなる。レイティというのは誰なのか。自分はなぜここにいるのか。いったい何者なのか……。

「こいつの封印はレイが施したというのか⁉」

サタは立ち上がり、近づいてきた。

「それは……あなたには教えたくない」

サタの問いかけを詞栄は拒否した。

「じゃあ、俺には教えてくれる？」

「劫……。僕の一存では話せないことなんだよ、ごめん」

苦しげな顔をされると、追及するのも悪い気がするのだが、じゃあいいと簡単には引き下がれなかった。

「誰の許可がいるの？」

「それは……」

詞栄は黙り込んでしまう。

「神、か」

サタの断定的な物言いに、詞栄はぴくりと反応したもののなにも言わなかった。しかしそれは肯定したのと同じことだった。

「神……って、本当にいるの？」

前にも神はいるとサタから聞いた気がするが、どこかおとぎ話を聞いている気分だった。今だって現実の話だとは思えないけど、そこに自分の存在が関わっている。自分が現実にちゃんと生きているのかもよくわからなくなってきた。

「いる。全知全能……といって差し支えない力を持っているが、それでも思い通りにならないことはある。するとと、その力を使ってとんでもないことを始めるんだ。神のイタズラは恐ろしくたちが悪い。悪魔など比較にならないほどに」

サタは腕組みをして溜息をついた。しょうがない子供のことを語るような、苛立ちと諦めの混じった口調。そこに畏怖や敬愛といったものは感じられなかった。

「その、たちが悪いイタズラが、俺と関係あるの？」

答えを聞きたくないけど、訊かずにはいられない。だけど詞栄は口を開かない。

「詞栄。俺は、ちゃんと自分のことが知りたいんだ。ずっと、俺が誰にも関心を持たれないのは、自分がつまらない人間だからだと思ってた。だからしょうがないって諦めてきたけど、本当は諦めたくないこともたくさんあった。理由があるなら、知りたいんだ」

最初からすべてを諾々《だくだく》と受け入れたわけじゃない。あがいてみたこともあった。だけど、のれんに腕押しほどの手応えもなかった。無関心は嫌悪よりもきつい。それを感じたくないから、あがくのをやめた。淡々と生きれば、特に不都合はなかった。

「つまらなくなんてない。劫はすごく魅力的だ。魅力的だから……」

詞栄は葛藤《かっとう》している。天使が神との約束を破るわけにはいかないのだろう。でも、引き下がれなかった。

「詞栄、教えて」

真っ直ぐに詞栄の目を見て頼む。詞栄は苦しげに眉根を寄せて、口を開いた、

「劫……。きみの封印が解かれたら、きっとみんながきみに注目するよ。だから僕は、その封印にずっと感謝してた」

「感謝？」

「僕だけが、きみの特別でいたかったんだ」

詞栄は劫に向かって手を伸ばしたが、それが届く前に劫は後ろに引っぱられた。そして腕が首に巻き付いてきて、振り仰げばサタの顔があった。

「貴様、どういうつもりだ、サタニス」

詞栄がサタを睨みつける。詞栄のこんな尖《とが》った表情を見たことがない。

サタに肩を抱かれたまま、劫はどうしていいのかわからず内心でオロオロする。自分が諍《いさか》いの火種になったことなどもちろんない。仲裁もしたことがない。

「そういうおまえはどういうつもりなんだ？　自分がいなければこいつが孤独になるとわかっていて、それでも離れたのには、理由があったのではないか？」

冷たい声には明らかに責める響きがあり、問いかけてはいるが、その答えは知っているようだった。

「そばには……いられなかった。それが劫のためだったんだ」

詞栄は絞り出すような声で言った。

「俺のため？」

どういうことだかさっぱりわからない。

「違うな。己のためだろう。おまえは堕ちるのが怖くて、保身のために劫と距離を置いたんだ」

サタは容赦なく詞栄を追い詰める。

「そう……かもしれない」

しばしの沈黙の後、詞栄が白旗を揚げた。

「覚悟がないならそのまま清く正しくいればいい。これは我がもらい受けてやる」

サタは腕の中に劫を引き寄せ、悪魔らしい意地の悪い笑みを浮かべた。

「なっ、劫を放せ！　レイティ様の子を悪魔なんかに――」

詞栄は怒鳴りつけてから、ハッと口に手をかざした。

「なに？　レイの子だと⁉　馬鹿な。天使に子をなせるはずがない。……まさか」

サタはなにかに思い当たったように絶句し、劫を自分の方へ向かせると、険しい顔で劫の顔を凝視する。

劫はますますもってなんのことだかわからない。ただひとつわかったのは……。

「俺って本当に天使の子だったんだ」

劫の呟きに、詞栄もサタも驚く。

「なぜおまえが知っている？」

「こないだの悪魔が言ってたよ。天使の子だ、って」

「我の知らぬことを、ペイルが知っていた……？」

サタは腕を組んで考え込む。その表情がどんどん険しくなっていく。

「ねえ、詞栄。その、レイティって人は本当に俺の親なの？」

名前だけでは男か女かもわからない。天使に性別はないという話も聞いたことがあるが、悪魔に性別があるのだから、あるのだろう。

「うん、きみの父親だ。僕の尊敬する天使だった」

詞栄は観念したように言って、その姿を思い出したのか、少しだけ笑った。

「そう、なんだ……」

父親が天使だと聞いて、いったいどんな反応をすればいいのか。どんな感情を抱けばいいのか。わからないまま問いを重ねる。

「母親は？　お母さんも天使なの？」

「……いや、人間だ」

「へえ。じゃあ……まあハーフってことか……」

親しみやすい言葉を使ってみたが、より一層現実味が遠ざかる。

もう自分は二次元の登場人物なんじゃないか、生まれてからずっと夢の中にいるんじゃないか、そんなことを考え始める。

「本来、そんなことはありえない」

サタが突然割って入った。

「天使にも悪魔にも生殖能力などない」

「でも、性別あるんだよね？」

「ある。それは天使が人の原型だという説と、人が転生の末に天使になるという説があって、原型だとするならば、生殖能力は自動増殖するよう後付けされたものだろう。転生の末であるなら、必要なくなった能力が退化したということ。しかし神もそのあたりのことは語らない。もしかしたら知らないのかもしれない」

サタは説明してくれたが、だとしたらどういうことになるのか。

「じゃあ、俺はなんなの？　なんでここにいるの？」

頭痛がする。吐き気がする。

――なぜ？　どうして？　わからない……わからない。自分の生物としての根源すら揺らいできた。

「天使は神を一番に愛さなくてはならない。だけどレイティ様は人間の女を愛してしまった。レイティ様は苦悩し、しかし神にとっては悩むこと自体が裏切りだった……」

詞栄が観念したように話し始めた。だがすぐに詰まってしまう。

「まあ、そこから先は読めるな。神は、『できるはずのない子供』という火種を落とした。天使なら自分に生殖能力がないことは知っている。子供ができたと言われれば、女の不貞を疑い、怒るか失望するか……女から離れて神の許に帰ってくると思ったのだろうが、読みが甘い。レイが、好きになった女とその子供を放り出すなんて、するはずがない」

サタの読みは当たっていたらしく、詞栄はひとつうなずいた。そしてまた口を開いた。

「女性は、子供を産み落として命尽きた。生まれた子はレイティ様が人界で育てようとしたけれど、神はそれを許さなかった。逆らえば、神は激昂《げっこう》して子供の命など躊躇なく奪ってしまうだろう。だからレイティ様は子供を隠すことにしたんだ。……劫、大丈夫？」

詞栄が心配そうに劫の顔を覗き込む。劫はもう自分の中で処理しきれなくなっていた。

明らかにされていく事実は、確実に一つの方向に向かっている。もう結末は見えているけれど、自分の脳を働かせてそこに辿り着くことができない。

考えたくない。知りたくない。

劫は思わずすがるように腕を掴んだ。右利きなのに、右前にいる詞栄のではなく、左前にいたサタの腕を掴んでいた。

「大丈夫。全部聞くよ。話して」

詞栄に続きを促せば、詞栄は険しい顔で視線を逸らし、ひとつ息をついて再び口を開いた。

「神の目から隠すなんて不可能に近い。天使の器は神と繋がっているから、自分がそばにいればすぐにばれてしまう。だけど子供の魂は不可思議な輝きを放っていて、放置しておけば変なあやかしものに付け狙われかねない。それで、レイティ様は自分の力をすべて使って、その魂に封印を施した。神からずっと隠し続けるのは無理でも、神の怒りが冷めるくらいまでは保つだろう。激昂が冷めれば、自分が命を賭して護ろうとしたものを殺《あや》めるようなことはしないはずだからって……」

やはり話はそこに行き着くのだと、わかっていたけどショックだった。サタの腕を掴んだ手が、無意識のうちに力を入れすぎて震えていた。

自分は元々できるはずのない子供だった。神の策略によって作られ、両親の命を奪って今ここに存在している。

「俺、なんで生きてるんだろう……。生まれなければなんの問題もなかったのに」

生まれるべきではなかった。すぐに殺されるべきだった。そんなにまでして護るべき価値のあるものではない。

「劫、辛いだろうけど、レイティ様は劫に生きてほしかったんだ。自分の命よりも劫の命の方が重かったんだ。お願いだから、生きて」

詞栄に抱きしめられる。天使も悪魔も同じだというけれど、天使の体には温もりがある。この温度差は魂の温度差なのだろうか。父親もこんなふうに温かかったのだろうか。

「詞栄は、その人に頼まれたの？」

「違うよ。僕はレイティ様が封印を施す時にお手伝いはしたけど、僕がそばにいても神に見つかってしまうからね。遠くからちらちらと様子を窺っていた。結局、神の目から隠せたのは六年くらいのことだった。その時にはレイティ様の言ったとおり、神の怒りはもう冷めていて殺すなんてことは言い出されなかった。僕に、そばにいてやれって仰って……すごく嬉しかったんだ」

詞栄がいつ施設に来たのかは記憶にない。六年というと、まだ小学校に上がる前。その頃だったかもしれない。

「天使って、変幻自在なんだな。子供とか、猫とか」

サタが変化した黒猫を思い出し、深く考えずに口にすれば、詞栄がビクッと反応した。

「劫、あの……」

詞栄は抱きしめていた腕を解いて、劫の顔を覗き込んでくる。

「ありがとう、詞栄。俺は大丈夫だよ、ありがとう」

詞栄が言いかけたことを聞くことなく、劫は礼を言って二人を切り離した。まだ仕事があるからと、その場を後にする。

「劫……」

今はひとりになりたかった。サタはなにを思っていたのか、一言も発しなかった。腕をかなり強い力で掴んでいたはずなのだが、苦情もなければ慰《なぐさ》めもなかった。表情も特に変わらなかった。

出生の秘密なんて、橋の下で拾われたとか、おまえはお父さんの子じゃないの、とか……それでも充分衝撃的なのに、父親は天使だとか、嫌がらせに神が作った子だとか、護るために親が死んだとか……処理しきれない。

「なんだ、俺の人生……。なんなんだ、俺……」

そもそも生きていていい人間なのか。人間、なのか……？

今までも自分がどこにいるのかよくわからないまま不安定に生きてきた。だけど今は天地すらわからなくて、自分が真っ直ぐ立っているのか、重力がどこからかかっているのかも定かではなくなった。足を前に踏み出そうにも、どっちが前なのか、踏み出していいのかもわからない。

斎場に新たな葬儀の予定が入ったらしく、他の葬儀社の人間やここのスタッフが慌ただしく動いている。劫はロビーの真ん中で、歩けなくなってしゃがみ込んだ。頭を抱えて目を閉じる。

せめて人の迷惑にはならずに生きていると思っていたけれど、生まれたことがすでに迷惑だった。それでも生きる価値があると思える人間ならよかったのだが……。

しゃがみ込んだ自分の周りを、何度も人が通りすぎる。近くで一瞬歩調が緩むものの、声をかけられることはなかった。

「フッ……ハハ」

笑ってしまう。

もう自分の手には負えない。笑うしかない。

しばらくして劫は立ち上がり、会食を供していた部屋に向かった。片付けの最終チェックを行って、事務所にすべて終了した旨《むね》を報告した。報告せずに消えてしまっても、なんの問題にもならないことはすでに実証済みだ。それでも自分の仕事はきっちりこなす。それしかできることはない。

誰かの認証がなくても、自分はここにある。自分で自分を認証するしかない。手を抜けば本当にどこまででも堕ちることができるだろう。でも、そんな自分は許せない。誰にも価値を認めてもらえないからと、自分のすべきことすらしないのであれば、もう死んだ方がいい。

意地だ。プライドだ。生きるよすがはもうそれだけだ。

『生きて……命尽きるまで』

また声が聞こえた。ワンパターンなその声の主はわかった。

「自分が生きろよ」

ずっとしてみたかった親子喧嘩は、空々《そらぞら》しくて、虚しくて、胸が苦しかった。

「誰が死んでくれって頼んだよ。勝手なことすんなよ」

文句を言っても答えは返ってこない。

「俺は話したかったよ。もっと……違う声が聞きたかった」

天使でもなんでもいいから生きていてほしかった。

家に帰るとコーヒーの匂いがして、こんな時でもホッとした。窓辺のチェアにサタの姿を見ると、条件反射のように目から涙がこぼれ落ちる。蛇口が壊れたようにボトボトと、二十五年分流れ続けた。

サタはコーヒーカップを持って、そんな劫をただじっと見つめる。

自分くらい自分の魂の声を聞いてやれ——サタにそう言われたことを思い出した。

どうやら自分は泣きたかったらしい。きっと悲しいのだ。だけどなにが悲しいのかよくわからない。

親がすでに死んでいたことか。自分の存在そのものか。

突っ立ったまま泣くだけ泣いて、振り返るとコーヒーサーバーには一杯分のコーヒーが残っていた。それを見て、また涙がこぼれ落ちる。

自分が壊れたと思った。今は悲しかったわけじゃない。ホッとして力が抜けた。嬉しくて泣くなんて、もうなにかが壊れたに違いない。

ぐずぐずと洟《はな》をすすりながら、えぐえぐとしゃくり上げながら、コーヒーをマグカップに注いでソファに座る。両手でカップを持って、行儀悪くズズッと音を立ててすすると、黒い液体と一緒になにかが流れていく。胸のあたりに閊《つか》えていた固まりが、じわりと溶けて、胃の腑に落ちていった。

フーッと、大きく息を吐き出す。

「基本的にはやっぱり、人間なんだな」

サタはそんなことを言った。もっと他に言うことがあると思うのだが。落ち着いた声を聞くと、こちらも落ち着いた。

「どういうところが?」

「天使はそんなに汚く泣かない」

「ひ、ひどっ……」

確かにみっともなかったとは思うけれど、もう少し言いようがあるだろう。慰めろとは言わないが、追い打ちをかけるとは……洞窟を抜けてホッと一息ついたら、上から岩が落ちてきた、みたいな気分だ。

でも仕方ないのか、悪魔だから。

「その……レイティさんはきれいな人だったの?」

父親のことをなんと言えばいいのかわからなかった。いろいろな父親像を想像したけれど、さすがに天使の父なんて想像したことはなかった。今まで見た天使も悪魔もみんな美形だし、神が手放したがらなかったくらいなのだから、きっときれいなのだろう。

「まあ、きれいだったな。我の次くらいに」

「あ、そう」

どうもしんみりした話にならない。本気なのか冗談なのかも判然としない。サタがきれいなのは確かだが、次と言われても想像の足しにはならなかった。

「あいつは、真面目でお優しくて融通《ゆうずう》が利かない、日本人タイプの奴だった。実際日本好きだったし、その名前もたぶんあいつがつけたんだろう」

「サタさんとは正反対のタイプってことだ。仲がよかったの？　悪かったの？」

「……親友だった。遠い昔の話だが」

「親友？　親友って……もしかして、前に俺に似てるって言ってた人、とか？」

「そうだ」

「へ、へえ……」

その親友に、嫉妬にも似た感情を抱いたことを思い出す。サタの友達であるということ、そして友達という存在そのものが羨ましかった。

自分からそれを奪ったのは、魂を封印した父親で、羨ましいと思う今をくれたのも父親で、父親から命を奪ったのは自分だ。

「ごめん」

「なにを謝る？」

「友達を殺しちゃったから」

「殺した？　馬鹿なことを言うな。レイはおまえごときに殺されはせん」

「でも、俺のせいで……」

「死んではいない。ここで、生きている」

　サタは劫の前に立ち、劫の胸の上に手のひらを置いた。劫はぎゅっと心臓を鷲掴みにされた気分になった。

「じゃあ、じゃあ俺が死んだら、封印が解けて生き返ったりするのか？」

　魂を護るという役目から解放されたら戻ってくる——のであれば、希望が見える気がした。死んでしまう劫は結局会えないが、生き返るのだと思えば気持ちはずいぶん軽くなる。天使なら、そんなありえないことだってあるかもしれない。

「それはない」

　希望はあっさり打ち砕かれた。

「でも、天使ってすごい寿命長いんだろ？　まだまだ全然生きるはずじゃなかったのか」

「言っただろう。寿命など知らん。だが、器を捨て、すべての力を封印に注いだ以上、元には戻らない。神からも隠すなど、半端な覚悟と度量ではやれぬことだ」

「そんなの、頼んでないし……」

　サタの手を払いのけて、劫は重い溜息をついた。

　自分のためにそうしてくれたのだと、素直に感謝することができない。サタの言葉も詞栄の言葉も、おまえより余程生きる価値のある奴だったと讃《たた》えているようで、「俺だって」と反論する材料がまったくない劫は落ち込むばかりだった。

封印がなければ生きられなかったのかもしれないが、封印のせいで誰にも見向きもされず、蚊帳《かや》の外で生きてきた。誰のためにもならない自分にどうやったら自信が持てるのか。生きる価値などどこに見いだせばいいのか。

「おまえが死ぬ時、あいつも完全に消える。おまえが自ら死んだら、その時は本当におまえがあいつを殺したということになるのだろうな」

手足にカシャンと枷《かせ》をはめられたような気分になった。自分の親友を無駄死にさせるなと言いたいのだろう。自殺なんてする気はなかったが、生きてほしいのは自分のためではないのだと、とても卑屈な気持ちになる。

「神様は後悔してるだろうね。嫌がらせで俺なんか作って、そのせいで大事な天使をひとり失っちゃって。……サタさんだって本当は文句言いたいんじゃない？」

サタにそんなにたくさん友達がいるとは思えない。昔の、とは言っていたが、貴重な友達だったのではないだろうか。

「神は自業自得だ。我は……レイが考えて為したことをとやかく言う気はない。人間は神が起こす不条理を『奇跡』だとか『運命』だとか言って受け入れてきた。おまえが生まれたのもそういうものだ。人間ごときがいくら思い悩んでも、どうにもならない。受け入れるしかない」

諦めろ、ということか。諦めることはとても得意だったはずなのだけど、自分が生まれたいきさつについて諦めるのはけっこう難しい。

「わかってる。……もうなにを言ってもしょうがないんだってことは……」

人の生死は覆せない。どんなに泣き叫んで希《ねが》っても死んだ人が生き返ることはない。そんな光景を今まで嫌というほど見てきた。この別れは絶対なのだ。

そして生という出会いもまた絶対だ。生まれる場所や環境は人の意思でどうにかできるものではない。スタートラインは人それぞれ。後は自分の行きたい方向に自分の力でなんとかするしかない。

要はどこを目指したいか、なのだが……。

「死ぬまで神に呪詛を吐き続けて、魂を真っ黒に染めるというのもひとつの手ではある」

「そんな気力ないよ。俺はこのまま……できれば今のまま、ずっと……」

目の前のサタの姿をぼんやり見つめる。

「葬儀屋で仕事していけたらいいや」

一番の想いは口に出さず、二番目の望みを口にした。サタに会う前は、それが唯一の望みだった。

「もっとあがけと言っただろう」

サタはまた劫に手を伸ばしてくる。今度は頬に。

なんとなくそれを避けてしまった。

「俺の父親はあがく人だった？　真面目で優しくて融通の利かない……って、俺と全然似てないじゃん。でも似てるんだっけ？　まあどっちでもいいけど」

早口にまくし立てて立ち上がり、目も合わせずにサタの横を通り過ぎる。

サタと父の話をするのがなぜか嫌だった。今日はまだ気持ちがとっ散らかっていて、理由は自分にも巧く説明できない。

「今夜はもう寝る。おやす――」

逃げ出そうとした背中を抱きしめられた。

驚いて動きが止まる。心臓も止まりそうになった。胸の前で交差する腕はサタのものだったが、思わず本当にサタなのか確かめずにいられなかった。

「ど、どうしたの？」

こんなのはまったく、サタらしくない。ドキドキしてしまうが、きっとなにか意地の悪い理由があるに違いないと警戒心を強くする。

「どうもしない。なにも考えずに……眠れ」

甘い囁きというよりは冷たい命令口調だったが、劫の胸にはじわりと熱く染みた。じわじわと深く染み込んでいく。

サタの指が劫の顎のラインをなぞる。ゆっくりと首筋に辿り着いたところで、劫は猛烈な眠気に襲われた。

「まだ、お風呂……、スーツ、も……」

寝る前にすべきことを揚げて眠気に抗おうとしたのだが、最後まで言い切ることすらできなかった。

「真面目……変なとこが似るんだな……」

遠く声が聞こえて、言い返したのはすでに眠りに落ちてからだった。

五

灰色の空に、黒い雲がかかっている。太陽はなお黒く、自分の手を見れば白く透けていた。

——とうとう死んだのか？

死という言葉が似合う世界だった。殺伐《さつばつ》と夢も希望もない感じは、確実に天国ではない。魔界……地獄……そんなところに近いだろう。不安や恐怖よりも先に、それならサタがいるかもしれない、などと浮かれたことを思った。

「骨抜きかよ。天使もたらし込む奴だからな、人の子なんて雑作《ぞうさ》もないか。いや、天使と人の子、だっけ……面倒くさいな」

どこから聞こえてくるのかわからない声は、聞き覚えのある声だった。

「えーと、ペイル、さん？」

確かそんな名前だったと、思い出して口にしてみる。自分の声もやけに反響していた。

「よく覚えていたと褒めてやりたいところだが、私はその呼び方を認めていない。馬鹿にした呼び名を広めやがって……サタニスのクソが」

どのへんが馬鹿にしている感じなのかさっぱりわからないが、サタへの恨みは根深いようだ。馬鹿にされているとしたら、きっとその品のなさなのではないかと思ったが、言わなかった。

「フェイリアヌスと呼ぶがいい」

「フェイリ、アヌス……さん」

「途中で切るな！　貴様まで私を馬鹿にするか⁉　私の名は人間ごときが口にはできぬ、高貴な名前なんだ！　その一部を教えてもらっただけでもありがたがれ」

ペイルは怒りの形相で姿を現した。

いたずらっ子のようで、冷めた大人のようにも見える。サタと違って細身の体は、大きな翼には軽すぎるのか、飛んでいる位置が定まらない。蚊のように忙しなくて、高貴という雰囲気は感じられなかった。

「別に馬鹿にはしてないけど……。ところでここはどこ？」

落ち着いたトーンの相手とばかり話していたから、感情のままにポンポン跳ねる感じの相手は新鮮で、少し疲れる。それにあまり二人きりではいたくない相手だ。

「おまえの中だ」

「俺の……？」

この殺伐とした寒々しいところが？

「よくわかるだろう、自分が生きる価値もない存在だということが。暖かな日差しも、色鮮やかな花木もない。育っているのはしみったれたぺんぺん草だけ。寂しいなあ、おまえ」

生きる価値もない——もう何度も何度も繰り返した言葉だった。胸がキリキリと痛む。

「あんたに言われたくないよ、ペイル」

「ペイルって言うなっ！　おまえ、サタニスに懐いてるみたいだが、あいつに情を寄せても無駄だぞ？

あいつには情なんてないからな。すべて計算ずく。神をも利用する男だ」

「神を？」

「まあ、神も神だし、ギブアンドテイクって感じだけど。天使は……おまえの父親は気の毒だったよ。サタニスに裏切られなければ、人間の女なんかに迷うこともなかっただろうに。ああでも、それじゃおまえは生まれないから、サタニス様々か」

ペイルは早口にまくし立てた。言葉は聞き取れたが、理解しがたかった。

「なにを言って……。裏切ったって、どういうこと？」

こいつに訊くべきではない、止める声も聞こえたが、訊かずにいられなかった。

「サタニスがまだ天界にいた頃、二人は親友だった。おまえの父親、レイティはサタニスを信頼し慕っていたが、サタニスは神と取引し、ある日突然天界を去った。レイティには一言もなく、我々同志だけを連れて。たぶんそれから二人は一度も会っていない」

親友だったのは昔の話、サタはそう言っていた。喧嘩別れでも疎遠になったわけでもなく、サタが一方的に切り捨てたのか……。

信じていた人にある日突然捨てられる、その痛みが少し前まではわからなかった。捨てられる相手がいるだけマシだ、と思ったことだろう。

でも今は、たぶんわかる。突然いなくなられるのは、きっととても苦しい。悲しくて、悔しくて、切ない。仲良くしていたのなら尚のこと。

「そんなの……嘘だ」

気まぐれなのは本人も認めていたが、サタが今もまだレイティに情を残しているのは、話している時の雰囲気から感じ取れた。

「嘘じゃない。捨てられたレイティは気の毒なほど落ち込んでいたよ。で、仕事に逃げ込んじゃった。天使にはいろいろ人界でのお仕事があってね、元が真面目だから頑張りすぎちゃって、人間の女にフォーリンラブだ。のめり込んで天使の禁忌《きんき》を犯しちゃった。あ、悪魔には禁忌とかないから」

そして、自分が生まれた。つまり、罪の子、というわけだ。理解の範疇《はんちゅう》を超えているけど、詞栄が言ったことと同じ部分に関しては真偽を疑う気はなかった。

「ただストレートに罰しないのが、神の嫌なところだよな。本当、暇なんだよ。……可哀想になあ。自分が神の暇潰しの産物だなんて思いたくないよな。私なら死にたくなるよ」

ペイルはぺらぺらとよく喋《しゃべ》る。劫を追い詰めるように、追い詰めるように。暗い笑みに心が浸食されそうになって、必死で抗う。

「うるさい。俺は死なない」

そう口に出して言わないと折れてしまいそうだった。

「死ねないんだろう？　でも、おまえは生きていない方がいいよ。サタニスだって、レイティの子だって聞いたら、さすがに複雑なものがあるだろう。昔の罪滅ぼしに護ってやろうか、なんてことを思うかもしれない。気まぐれだからな。おまえの存在はみんなの迷惑なんだよ。奴の重荷になりたいか？」

悪魔の言葉に耳を傾けてしまう。重荷にはなりたくないと思ってしまう。

「おまえがいなくなればサタニスも気が楽になるだろう。おまえもこんな運命を背負って生きるのは辛いよな？　自分で死ねないなら私が殺してやる。だから、魂を私に差し出すと契約しろ。すぐに楽にしてやる」

ペイルの腕が首に絡みついてきたが、バチバチッと火花が散って弾かれた。サタが最初に触れようとした時に起きた静電気の何倍も激しい。

「結界？　……ふーん、サタニスがねえ。でもここは私の世界」

ペイルはニヤッと笑うと、もう一度劫に手を伸ばした。バチバチと弾かれながらも劫の胸に指先をつけ、なにか呪文を唱え始めた。バチバチは次第に収まっていく。

「結界はなんとかなるが、この封印はさすがに強固だな。……クソッ。いつもいつもむかつく奴だぜ、レイティ」

憎々しげに言って、ペイルは手を離した。どうやらレイティにもなにか恨みがあるらしい。

「正攻法で無理なら……少々時間はかかるが、内側から汚して封印の効力を無に帰す。案外サタニスもそれを狙っているのか……奴とは何度寝た？」

ペイルは劫の腰を引き寄せ、唇を奪った。触れ合った瞬間、劫は激しい拒絶反応が自分の内側から込み上げてくるのを感じた。

触れられたくない——そう思うのに、封印も出自も関係なかった。

サタ以外には触れられたくない。

「ダメだ……イヤだ。こんな俺でも、今生きてる……生きるんだ」

劫はうわごとのようにブツブツと呟き、ペイルの胸を押し戻した。

求める心が生きる気力をくれる。誰かが心にいると、あがく力が湧く。

グレーの空に赤みが差し、周囲が少し明るくなった。

「神でさえおまえが生きることを望んでいないのに？」

途端に空がまた暗くなった。それは劫の心にリンクしているようだ。

「おまえの魂を喰らえば力が手に入る、私にそう告げたのは神だ。サタニスをも上回れるかもしれない、となな。おとなしく私の屋敷に来い。ゆっくりその封印を解いてやろう」

ペイルはニヤリと笑った。サタニスを上回る力、なんて言われて、おとなしくしていられない。

「俺はもう生まれちゃったんだから、自分をどうするかは自分で決める。いちゃいけないなら、神がその力で奪えばいい。そうじゃないなら……誰に魂を渡すかは自分で決める。おまえなんか絶対嫌だ」

開き直って言った。神のおもちゃになってやる気はない。ペイルの力にだってなりたくない。

「ああん⁉　選《え》り好みできる身分だと思ってるわけ？　こっちだっておまえなんか好みじゃないし、サタニスのお手つきなんて冗談じゃねえけど、しょうがないんだよ、天使と人の子なんて半端なの、おまえしかいないんだから」

ペイルはむきになって言った。カッとしやすい性格なのだろう、策士《さくし》には向かない。

「俺しかいないって、それって逆にすごく貴重なんじゃないの⁉　頭下げて喰わしてくださいってお願いするべきなんじゃないの。してもあげないけど」

「てめえ、ふざけんな！　こっちはな、腕ずくで拉致ることだってできるんだぞ！」

「やればいいだろ、こんなところでグチグチ言ってないで」

「うるせ！　表じゃサタニスが……。って、なに笑ってんだよ！」

言いたいことを言い合っているうちに、劫はなんだか楽しくなってきてしまった。

こんなふうに誰かと口喧嘩なんてしたことがない。いつも友達のそれを羨ましく見ていた。自分も突っかかってみたが、無難な受け答えしかされなくて、喧嘩になんてなりようがなかった。さらに突っかかっても困ったような顔をされるだけ。いっそ嫌われるのもいいかと思ったが、一方的に人を困らせてもなにも楽しくはなかった。

自分を見て、怒鳴ってくれる。詰ってくれる。それが楽しい。

「なんか、高校生みたいだよな、ペイルって。長生きしても子供っぽいのって直らないんだ」

「む、むかつく。ペイルって呼ぶな、呼び捨てにするな、私は悪魔だぞ！　高貴な存在なんだ！　殺す」

ペイルは劫の胸に手をかざした。自分の中から真っ白な光が放たれるのを、劫は驚きながら見つめる。

不思議と怖くはなかった。


「劫、……劫！　起きろ！」

グラグラと揺さぶられて目を覚ます。目の前にサタの顔があって、劫はほわっと笑った。いつも目覚めるとサタはいないから、なんだか嬉しかったのだ。

「おはよう」

「暢気に可愛い顔をするな。ペイルになにをされた？」

ニコリともせずに言われる。

「え？　……今のって、夢じゃないの？　サタさん、夢の中まで見えるの？」

ぼんやり問いかける。今、可愛いって言われた？　……などと頭の隅で思いながら。

「ペイルは夢の中に入り込むことができる。だから一応結界を張っておいた。触れたらわかるが、中に反撃はできない。奴が夢の中でやることは現実に影響する。そこで魂を取られれば、寝たまま死ぬことになるぞ」

「……そ、そうなんだ」

実際殺すと言われて殺されかけたのだが、夢の中だけにリアリティはなかった。

「奴の狙いはおまえの魂だ。あいつの力ではレイの封印は解けない。天使に封印された魂は、肉体が滅んだ瞬間に天界に引き揚げられるから、おまえをただ殺してもあいつが手にすることはできない。おまえの意思で魂を渡す契約をするか、封印の効力が弱まるのを待つか……。契約などしなかっただろうな？」

「してない」

「……なにをされた？」

サタの険しい顔が、自分を心配してくれているからだと思うと嬉しくなる。でもその心配は、自分に向けられたものなのか、この魂を護る父に向けられたものなのか……考えれば切なくなった。自分だと自信を持つことなど劫にはできなかった。

「喧嘩した。面白かった」

夢の中の印象を告げる。

サタが父を裏切ったという話は本当なのか……。気になったが、口には出せなかった。

「面白かった、だと？」

サタがムッとした顔になって、慌てて説明する。

「いや、いろいろ……。封印は自分には解けないって、確かに言ってたよ。だから汚してやるとかキスされて、それを突き飛ばして、俺を喰らうと力がつくから喰わせろって言われて、嫌だって答えて……そういう喧嘩みたいなのが、俺は人と言い争いもしたことがないから、面白かったんだ」

「ほお。キスねえ……そんなことする必要もないのに。こないだもしてたな、そういえば」

気になるのはそこなのか？　と思いながら、思い出す。

「サタさんもしたじゃない」

「我は……おまえが人間仕様がいいと言ったからしたまでだ。まさかペイルにも抱けと言ったわけではないだろうな？」

サタはちょっと焦ってから、一層不機嫌そうに腕組みをして問いかけた。

「そんなこと絶対言わないよ。あいつむかつくもん。あいつ……なんとかアヌス」

こういう高校生みたいな悪態をついてみたかったのだ。

「劫……ペイルに気を許すな。あいつは馬鹿だが、本質は利己的で残忍だ」

はしゃぎすぎているように見えたのか、釘を刺された。

「サタさんも気をつけないと、俺があいつに喰われたら、サタさんより強くなるかもしれないって言ってたよ。俺を全力で護らなくちゃ」

冗談で返してしまう。心配するようなことを言われるたびに勘違いしてしまいそうになって、自分に釘を刺す。なにも期待するなと。そばにいてくれるなら、父への負い目でもプライドでもどんな理由でもいい。それを自分が承知していればいいだけだ。

「……もしくは我がおまえを喰らうか、だな」

「ああ……。その手があった」

なるほど、と手を打ちたくなった。ペイルの力になるのなら、サタの力にもなるだろう。自分に餌としての価値ができたということだ。

「サタさんなら、本気でやれば封印を解ける？」

「たぶんな」

「そっか……」

しかしサタの顔には、したくないと書いてある。それはやはり友情ゆえのものだろう。

「サタさんが俺んとこに来たのは、偶然？　それとも、なにか感じたの？　レイティさんの気配とか」

「会ったのは偶然だ。なにかを感じたかは……忘れた」

サタはそう言ってベッドサイドに腰掛けた。

「寝るなら寝ろ。今日はもう来ないだろうが、結界は張り直した。起こしたらすぐ起きろ」

「……うん、ありがとう」

悪魔のくせに、優しい。それはとても困る。

「礼を言うな。喰うぞ」

暗い部屋の中でアメジストの瞳が輝いて見えた。口でなにを言われても、見られるだけでドキドキする。眠るどころではなくなる。劫は目を閉じて、サタに背を向けた。

しかし眠りはなかなかやってきてくれない。

「不安なら抱きしめて寝てやるが？」

「け、けっこうですっ」

寝たふりもさせてくれない。眠れないのは不安だからじゃない。抱きしめるなんて言われて、余計にその存在を意識してしまう。

意地になってぎゅうぎゅうと目をつぶったが、それで眠れるわけもない。寝るのは諦めて、いろんなことがありすぎた頭の中を整理しようとしたが、どうしたって整理なんてできそうになかった。

――自分が生まれてきた理由なんて、知る必要があったのだろうか……。

密かに溜息をつけば、唐突に涙が込み上げてきた。

でも今、自分は独りじゃない。そばにいてほしい人がそばにいてくれる。奇跡だと思ったら涙が止まらなくなった。

どうやら久々に開いた涙腺は壊れてしまったらしい。まったく調節が利かない。

劫は静かに涙を流し、サタはただ黙ってそこに居続けた。

六

詞栄の口から、また衝撃の事実が告げられた。

「ブチが、詞栄!?」

いつからか劫の部屋に現れるようになった、顔に黒いブチのある白猫の正体が、詞栄だったという事実。

「ごめん、劫……」

詞栄に神妙な顔で謝られる。肩を落としてうなだれた様子が猫を連想させ、怒る気になれなかった。猫だと思って一方的に話していたのが気恥ずかしいだけで、それに関しては特にまずいことはない。

今までいろんなことを胸に秘めて、詞栄は詞栄なりに苦しんでいたのかもしれない。義務だったのかと思うと少し寂しいが、そばにいてくれたことで自分がどれだけ救われたかを思うと、詞栄を非難する気にはなれなかった。なにひとつ詞栄のせいではないし、ずっとそばにいてなにも気づけなかった自分の鈍感さを申し訳なく思う。

「もういいよ。でも……来るなら人の姿で来てくれればよかったのに」

お互い勉強や仕事で忙しいのだし、詞栄は自分だけが友達というわけではないのだし……だから会えなくてもしょうがない。そう自分を納得させていた。電話やメールでのやり取りはあったから、それだけで充分だと思っていた。思うようにしていた。

詞栄の重荷にだけはなりたくなかったから。それは詞栄のためというより、自分のため。劫にとってはたったひとりだから……。失えばダメージが大きすぎる。わかっていたから、細い糸を大事にしていた。

そして、詞栄のことも少しずつ諦めようとしていた。諦めるコツは過剰な期待しないこと、己の身の丈を知ること。しかし、諦め上手を自負する劫でも、詞栄のことを諦めるのは難しかった。

「ごめん、ちょっと……いろいろ、わけがあって」

そこにもなにか天界の約束事みたいなものが関わるのか、詞栄は言いにくそうに言葉を濁した。

「いいけど。でも、なんで猫なの？」

「それは……劫、猫好きだろ？」

「うん」

そこからなにか続くのかと思ったら、それだけだった。

「触りたいけど触れない、だから触ってもらえて触っても罪にならないものになって会いにいく。窮屈な天使の姑息でせこい下心か。おまえ絶対、天使よりもこっち向きだぞ」

黙っていたサタが口を挟んだ。詞栄がそれをじとっと睨む。

「詞栄は悪魔になんてなれないよ、絶対」

サタの言いたいことは劫にはよくわからなかったが、詞栄が悪魔にはなれないだろうことはわかった。詞栄に笑顔で同意を求めれば、詞栄は俯いてしまった。サタはただニヤニヤ笑っている。

二人がなにかとそばにいてくれるのはペイルのおかげだろう。だけどこれがずっと続くものだとは思っていない。期待はしていない。

「サタさん、そっち持って」

今、劫は事務所の掃除の最中で、ディスプレイされている棺を移動させる助手をサタに頼んだ。こんなことを頼めるのも、いる間だけだ。

「だからおまえは悪魔を気軽に使うな。我に掃除の手伝いをさせるなど……」

ブツブツ文句を言っていたが、

「いいよ、僕がやるよ」

と、詞栄が手を貸そうとすると、それを押しのける。

「邪魔だ、ブチ天使。ちゃんと神に懺悔《ざんげ》はしたのか？」

詞栄を足蹴にしながら、サタは五十万円也の棺を軽々と抱え上げた。劫はありがたく掃除機をかける。

あれもこれもと重いものを抱えてもらい、楽々だった。

もちろん事務所に人がいないからやってもらえることだ。窓から中を見た人がいたら己が目を疑うだろう。誰もいないのに棺が浮いているのだから。

詞栄は不満そうにサタを見ながらも、なにも言い返さなかった。詞栄にいったいなにを懺悔することがあるのか、劫にはわからない。

先日の詞栄は確かに様子がおかしかった。たぶん天使として、劫が悪魔に近づきすぎていることを危惧したのだろう。いつになく感情的で、抱きしめられて驚いた。敬愛する人の息子を魔の手から護ろうと必死だったのかもしれない。

「詞栄って、いつまで俺を見張って……見守っていてくれるの？」

いつまでいてくるのか、詞栄には訊くことができる。

「それは……神次第かな。僕はずっといたいけど」

「そう」

いつかはいなくなる。そう遠くはない未来に。

「寂しい？」

俯いた顔を覗き込むようにして問われ、劫は微笑んだ。

「そりゃ……。でも、仕事なんだから、しょうがないよ。転勤とか配置転換とか、天使でもあるんだろう？」

「しょうがなくないよ。劫がずっとそばにいてほしいって言うなら僕は……」

「そんなこと言っちゃダメだ。リストラされるぞ？」

期待したくなかった。詞栄の優しさや義務感に付け入りたくない。だから冗談めかして拒絶した。

人は結局独りだ。ずっと一緒になんていられるわけがない。ましてや天使だとか悪魔だとか、異世界の者とでは流れている時間も感覚も違う。

「リストラされた天使か。末路は悲惨そうだな」

サタがせせら笑う。

「自分はリストラされた天使そのものだろう」

詞栄はサタにはとても厳しい顔をする。

「馬鹿な。リストラではない。別会社の設立だ。ひとつの会社では立ち行かなくなったから、社長と協議して分離したまで」

「協議した？　勝手に離反したんじゃ……」

「そういうことになっているのならそれでいい。大した問題ではない」

なににも執着はないというように、サタはさばさばと言った。誤解を恐れないのは、誤解されてもかまわない相手だと思っているからだろう。

「言い訳とか説明とか……レイティさんにもしなかったの？」

劫が口を挟めば、サタも詞栄も驚いた顔になった。

「なんでおまえがそんなことを……」

「ペイルが言ってた。サタさんはレイティさんを裏切っていなくなったって。それでレイティさんはすごく落ち込んでたって」

「ペイルめ。余計なことをぺらぺらと……。確かにレイにはなにも言わなかった。あいつは天使の中の天使だ。言ってもしょうがない。共に行けるわけはないのだから」

「しょうがなくても、一言もなく消えられるのは辛いよ。それはない。ひどいよ……」

まるで我がことのように胸が痛くなって責めた。ほんの数週間一緒にいただけの自分でもその痛みが想像できるのだ、ずっと友達だった人の痛みは、この何百倍か、何千倍か……。

「僕がレイティ様と出会ったのはその後だったけど、確かにすごく辛そうだった。悪魔というのは本当に身勝手で、自分のことしか考えていないんだな」

責められてもサタは顔色を変えなかった。反論もしなかった。

「せめて俺の前から消える時は、なにか言っていってくれる？　別に引き留めたりしないから」

さりげなく言ったつもりだったが、声音は少し硬かった。サタはなにか思うところありげに劫の顔をじっと見つめたが、やっぱりなにも言わなかった。

「ま、いいけど」

劫は返事を早々に諦めて掃除を再開した。

覚悟していればいいだけだ。いつかいなくなる。明日にはもういないかもしれない。

「劫……」

詞栄のいたわるような視線に笑みを返し、掃除機をしまうために事務所の裏の倉庫に入る。

暗くて狭くて誰もいない空間は妙に落ち着く。じめっとして居心地はよくないのに、とても馴染む。

多くを求めなければ、どんな場所でもそこそこ快適に暮らせる。自分の場合、いじめられたり、辛い仕打ちをされたりするわけではないのだから。ただ諦めればいいだけなのだから……簡単だ。

「静内ー、東署にご遺体の受け取りに言ってくれ。無縁仏だそうだ」

社長の声が聞こえて、「はい！」と返事をする。

時が来れば、みんな独りで逝《い》く。それだけのことだ。


いつもは気にも留めない店の前で足が止まった。カントリー風の可愛らしい店構え。大きなショーウインドウには色とりどり、形もいろいろな石がディスプレイされていた。

天然石のアクセサリーを主に扱う店らしい。今までまったく気にしたこともない店だったが、店内の片隅に飾ってあった物に視線を吸い寄せられた。そのままふらっと中に入ってしまう。

木製の台座の上にアメジストの固まりが載せられていた。小さな固まりだったが、その色と輝きがサタの瞳を彷彿《ほうふつ》とさせた。

「きれいだ……」

　じっと見入ってしまう。

「きれいですよね。このアメジストクラスター、小振りだけど色が深くて」

　店の女性に声をかけられて驚いた。自分以外に客がいただろうかときょろきょろ見回すが、店は狭くて確認するまでもなく、若い女性店員以外には自分しかいなかった。

　こういう小さな店に入って感想など言えば、答えが返ってくるのは当然なのだが、劫は今までそういう経験がなかった。スルーされるからこそ、入りにくい店でも躊躇なく入ることができる。

　驚いている劫に女性は微笑んだ。もしかしたらこの女性も人間ではないのかと疑ってしまう。しかし、人間ですかと訊くわけにもいかない。

「アメジスト、お好きですか？」

「あ、はい」

「もしかして、誕生日が二月とか⁉」

「え、あ、たぶん……」

「たぶんって。二月の誕生石なんですよ、アメジスト。誠実とか高貴とか、そんな意味があるんです」

　ぺらぺら喋る女性を劫は呆然と見ていた。どうやら人間のようだ。

　最近、たまに自分に話しかけてくれる人間がいる。サタに抱かれたことで封印にわずかな綻びができて、感覚の鋭い者なら劫の魂の波動を感じ取ることができる、ということらしい。この女性も、社長と同じようにに敏感な人なのだろう。劫は嬉しくなった。

「あの、これください」

思わず言っていた。

「え？　あ、はい。これ、原石で二万円するんですけど……」

「あ……お金、下ろしてきます」

手持ちでは足りずに銀行のＡＴＭに走った。特に趣味もなく友達もいないため遊興費に使われることのない給料の使途は、生活費と寄付と老後の蓄えとなっている。二万円の衝動買いなんて初めてだ。あんな小さな固まりで二万円は驚きだが、とてもきれいな紫色だった。

——あれがあれば……。

実はここ三日ほどサタの姿を見ていなかった。代わりにはならなくても、持っているとホッとできる気がした。

店に戻って、手のひらサイズの原石を二万円で購入した。

「あまり日の光に当てないようにしてくださいね。退色しますから」

その注意を聞いて、なんだかサタらしいと思ってしまった。劫がふわっと笑うと、女性は少し驚いた顔をした。

「ま、またいらしてくださいね」

「ありがとう」

そんなことを言われたのも初めてで、劫は笑顔のまま店を出た。封印を解いてもらえばこういうことが普通になるのだろう。解いてもらえばいいのだが、積極的にそうしたい気持ちにならないのは、危険だということより、この封印こそが父の愛だと聞いたから。そして、封印を絆のように感じているから。

アメジストがもたらした出会いに心を温かくし、ポケットに大事にしまって仕事に向かった。

斎場の裏で、缶コーヒーを片手に一休みする。

夕焼け空にビルの屋上。あの日と同じ景色を見ながら、柵の上に人影を探す。

あの時、あそこに駆けつけなかったら、会うことはなかったのだろうか。この封印が……父が引き合わせたのだろうか。

レイティはサタに会いたかったのかもしれない。そんな感傷で引き寄せられたのだとしたら、劫にとっては迷惑な話だ。

ずっと独りなら、知らなくていい寂しさがあった。

無知は不幸か幸福か。人として生まれてきたからには、知らないよりは知った方がいいようにも思う。なにも知らぬまま死ぬのでは、生まれてきた意味がない。傷ついてもきっと、知った方がいい。

しかし——。

劫は深く息を吐いてポケットからアメジストを取り出した。

ペイルが現れてから、サタはずっとそばにいてくれた。消える時には言ってくれ、と言った直後に黙って消えてしまうあたりが悪魔だ。

優しくしたり突き放したり、人の心を平気で弄ぶ。これが心を真っ黒に染める術なのだろうか。

劫は壁に背を預け、その場に座り込んだ。アメジストを肴《さかな》にコーヒーを口に含み、溜息を紛らわせる。

そこに白い猫が現れた。

「……ブチ？　え、じゃあ詞栄？」

間違いない。詞栄だと思って見ると、確かに物憂げな美人という雰囲気は詞栄と同じだった。

「なんで猫なの？」

詞栄は劫の正面に来て、「みゃー」と鳴いた。

「みゃーじゃわからないんだけど……。どうしたの？」

訊いても答えは「みゃー」で、意思の疎通ができない。

「人型になれないってこと？　猫でも喋れるんじゃないの？　もしかして、それって俺のせいだったりする？」

なぜそうなのかは予想もつかないが、理由の根本に自分のことがあるような気がした。しかしその問いには、小さな頭が横に振られた。

でも、詞栄が「おまえのせいだ」というようなことを言うはずもない。

劫はアメジストをポケットにしまい、詞栄の頭を撫でる。

「神に懺悔した結果がそれらしいよ？　まあ、大きく道は踏み外してないから、しばらく猫の刑ってことらしい。なんだそりゃ、だよねー」

説明してくれた脳天気な声はペイルだった。詞栄がその姿を見て、シャーッと毛を逆立てる。

「それってやっぱり俺が原因？」

「おまえは諸悪の根源なんだよ。どうだ、死にたくなったか？」

伸ばしてきた手を払う。

「ならないよ。おまえはいったい俺をどうしたいんだ？」

「おまえ呼ばわりかよ」

ペイルはいちいち怒る。疲れそうな性格だ。

「だってなんか、年上って感じがしないし……」

「めちゃめちゃ年上だよ！　格も上なんだよ！　私と契約しろ。死んだら魂をやるって」

「するわけないだろ」

ペイルが詞栄に手を伸ばすので、劫は慌てて詞栄を抱き上げた。

「ふーん……じゃあ、その猫でいいや。天使の魂は不味いらしいけど、力にはなる」

「それか、おまえの周りの人間をひとりずつ喰っていくっていうのもいいな」

「なっ……冗談やめろ！　……まさか、院長先生も、おまえが⁉」

思い当たって訊いてみる。

「院長？　ああ、あの神父か。おまえのことを喋らないから……ていうか、引き取ったあたりの記憶を封印されてたから、手っ取り早く魂を喰らった。神父はおまえの魂に封印が施されるところも全部見てたんだ。それで、そこの猫野郎に記憶を消されてた。有益な情報は得られたが、あんまり美味い飯じゃなかったな」

悪魔に美味いと言われるより不味いと言われた方が人としてはよいのだろうけど……。

「おまえ、なんてことを！」

カッとして睨みつけたが、ペイルは平然と受け止めて、「おまえのせいだよ」と言った。

「俺の、せい……」

それは、院長の遺体を見た時から心のどこかで思っていたことだった。自分と関わらなければ、あんな死に方をすることはなかった。

「みゃー、みゃー」

腕の中で詞栄が鳴き、頬を舐められる。おまえのせいじゃない、そう言ってくれているのはわかる。でも、また誰かが自分のせいであんなふうに殺されることになったら……想像しただけで耐えられない。

「俺が、死んでからでいいのか？」

死んだ後の魂なんて、どうなってもかまわない。それでもう誰も自分のために人生を歪められないのなら、渡してもいい。

「もちろん」

ペイルは極上の笑みを浮かべた。詞栄が前足で胸を引っ掻き、首を横に振っている。騙されるな、と言っているのだろう。

でも、自分という災いの種は早く消えた方がいい。人を犠牲にしてまで生きる価値があるとは思えない。

「でも、おまえが力をつけるっていうのがなあ……」

サタよりも強くなるなんて、それはあまりいいことでない気がする。

「うるせえ。ほら、契約するぞ。おまえの血をよこせ」

ペイルがこちらに手を伸ばしてきて、詞栄がその手を引っ掻いた。そしてペイルに飛びつき、顔に鋭い爪を立て引っ掻きまくる。

「この猫！」

ペイルが払いのけて、詞栄は地面に叩きつけられた。

「詞栄！」

駆け寄ろうとしたが、ペイルに腕を掴まれる。またバチバチッと火花が散り、ペイルの力が弱まった隙に逃れようとしたが、すぐに掴まれた。バチバチと反発は激しく、劫にはなんの痛みもないが、ペイルは苦しそうだった。

「クソ、こんな結界……」

その口が裂け、牙《きば》が覗く。耳が尖り、ペイルの形相が人間的なものから異形のものへと変わっていく。

「ペイル、やめろ……」

その変化がなんだかひどく悲しかった。

「血と血を交わす。それで契約は成立する」

ペイルが欲しいのは力だけ。グレーの瞳に映る自分は餌でしかなかった。自分がペイルに、詞栄やサタとは違う種類の親しみを感じていたことに気づく。

残忍な悪魔だとサタに聞いていたのに。院長を殺した奴なのに……。

ペイルは自らの唇を噛み切った。じわりと血がにじみ出し、鋭い牙が劫に迫る。やっぱりキスが好きなのか、その牙は劫の唇を狙っていた。

「死後、その魂は私のものとなる」

牙が劫の唇に触れようとしたところで、天空から稲妻《いなずま》が走った。ドンッと大きな衝撃が地に落ち、地面に亀裂が入る。ペイルも劫もその場から大きく吹き飛ばされた。

劫の体はそのままふわりと浮き上がる。

「触るな。これは我のだ」

劫を片手で抱き、サタは地上を睥睨《へいげい》した。

吹き飛ばされて膝を突いたペイルは悔しげにこちらを見上げていた。劫も斜め上にある顔を見上げる。また会えた……それがただ嬉しかった。

「強欲だな。まだ力が欲しいわけ？」

ペイルは翼を広げて浮き上がり、サタと対峙《たいじ》する。

「力？　そんなものはいらぬ」

サタは馬鹿にしたように言った。

「じゃあなに？　まさか惚《ほ》れたとか？　……まさかね」

ありえないと言いながら、ペイルはサタの反応を注意深く窺う。劫もじっとサタの顔を見つめるが、その冷たく整った顔は一切感情を読み取らせなかった。

「これは我の暇潰しだ。おまえにはやらん」

お気に入りのおもちゃのように言われて、嬉しいと思っている自分が少し悲しい。でもやっぱり嬉しい。

「それなら魂は私がもらっても？」

「触ったら殺す」

サタは冷たい顔のまま即答した。

「……まさかね」

ペイルはまたサタの顔をじっと見つめる。口の端に浮かべた皮肉な笑みは引き攣り気味だ。

「おまえも安易に悪魔と契約などするな」

「え、あ、はい」

急にこちらにふられて、思わずかしこまる。

「でも、周りの人には迷惑かけたくないし……死んだ後だったら別に」

「あれを信じるな」

あれ、と指さされてペイルは眉をひそめる。

「あーん⁉　私はちゃーんと契約者との約束は守るよ？」

「死後が自然死の後だとこいつは言ったか？　契約してしまえば、直後におまえを殺しても有効だ」

「あ……」

指摘されるまで気づかなかった。ペイルを見れば、視線を逸らされる。

「気を許すなと言ったはずだ。なぜおまえはあいつに甘い？」

「甘いっていうか……同い歳くらいの悪友っぽい感じがして……ごめん。助けてくれてありがとう」

礼を言えばサタの眉間に皺が寄る。

「我のものを、こんな阿呆に取られるのが気に入らなかっただけだ。礼など言うな」

「さっきから、我のものって、なに？」

「阿呆ってなんだよ⁉」

劫の疑問とペイルの文句が重なった。

「おまえを我のものにするという話を神とつけてきた」

サタは当然のようにペイルを無視した。

「おい、私を無視す……ん？　神と、話？」

茶々を入れようとしたペイルもその言葉に引っかかったらしい。

「神と話って……つけられるものなの？」

もう神がいるのは認めるけれど、話をつけるなどという現実的なことができるような相手なのか。いろいろと話を聞いても少しも身近には感じられなくて、天上の光のそのまた向こうの不確かなものという、あやふやな印象のままだった。

指示したり唆《そそのか》したりするのも上からの一方的なもので、意見を言ったり了解を取り付けたり、そんな取引ができるような存在だとは思えなかった。

「神と話ができる者は限られている。中でもずけずけものが言えるのは我くらいだろう。前はレイも言っていたが……。権力者が、気に入らぬことを言う者に制裁を加え、それを繰り返すうちに意見する者がいなくなってしまう、というのは人界でもよくあることだ」

確かによく聞くが、それはわりと暴君のエピソードとして話されるものだ。

「神がそれで大丈夫なの？」

畏れながら心配になる。

「まあ、神は神だからな、そこらの阿呆な君主や社長みたいな愚かなことにはならない。が、退屈な上に孤独になって、確実に自分の首は絞まっている。だから神が我を切ることはない……はずだ。神も気まぐれだから確実ではないが」

意見してくれる人を切るなんて、劫には到底できないことだ。どんなことでも言ってもらえれば嬉しい。どんなきつい言葉でも、ウンウンと笑顔で聞いてしまうだろう。

「サタさんは、話す人がけっこういっぱいいるんだ……」

なんとなくサタも孤独なのだと思っていた。だから自分なんかと話してくれるのだと。

「おまえはそこか。……まあ、しょうがないか」

グッと抱き上げられて顔が近くなる。目が合って、近くで見るアメジストの瞳の美しさに魅入られる。

「でも今はおまえにも話せる奴がいる。そこのクズとか、そこの猫とか、我とか」

「クズ⁉」

「みゃーみゃみゃーっ！」

途端に二人から抗議が飛んだ。しかしそれより、自分を見るサタの瞳が妙に優しく思えて目を逸らした。

「そうだ、な……」

顔が熱い。優しいなんて、見間違いか思い込みに違いないのに。

「み、みんな人間じゃないけど、俺も厳密には人間じゃないから、いっか……」

自然に諦めるための言葉が口をついて出てくる。

みんな人間じゃない。いつまでそばにいるかわからない。彼らがいなくなれば、この人界でまた自分は独りになる。

「封印を解いてやってもいいぞ？」

「え？　それは……」

封印を解いてもらえば、普通の人間のように暮らしていけるのかもしれない。レイティは神の怒りのほとぼりが冷めるまで封印を施したのだから、その役割はもう終えている。でも、封印を解くことはレイティを消すことではないのか。

「おい、そうすると私みたいなのにずっと付け狙われることになるぞ？」

考え込んでいると、ペイルが横から助言をくれた。

「ペイルって、そういうところ優しいよね。院長先生を殺したのは絶対赦さないけど」

「うるさい。呼び捨てにすんな！　優しくなんかないし。私以外の奴に喰われたら嫌だから言ってるんだ。封印が解かれたら即、喰ってやる」

「我がそれをさせると思うか？」

サタの睨みをペイルは鼻で笑う。

「寝ないわけにはいかないもんな、人間は。封印がないならちょろい」

そうだった。おちおち寝てもいられなくなるのは困る。

「おまえを防ぐ程度の封印なら、命を賭けずとも施せる」

「え、サタさん……本当？　本当に？」

自分のためにそれをしてくれるというのか。

「雑作もない。それに……おまえを護っているのが我ではないというのは、少々気に入らない。たとえ父親であっても……親友であっても」

「え？　なんで？」

理由がわからなくて問いかければ、サタが渋面《じゅうめん》を作った。

「うわ、鈍《にぶ》……」

ペイルは笑いを堪えるような仕草をして、気の毒そうな目をサタに向ける。意味がわかっているようなので問う視線を向けてみたが、ニヤニヤするばかりで教えてくれない。地上の詞栄を見ると、そっぽを向いていた。機嫌が悪そうなのが、なぜかわかる。

そこでサタの大きな溜息が聞こえた。

「我がおまえを護ってやると言っているんだ」

ムッとした声で言われて、劫は顔を上げてサタの顔を見た。それはとても嬉しいのだけど、やっぱり「なぜ？」と、思う。

「ありがとう。でも、それも悪いし……俺、このままでも」

「ずっと護ってやると言ってもか？　おまえが死ぬまでそばにいてやる」

その言葉に、劫はマジマジと、穴が空くほどサタの顔を見つめる。その顔は、不機嫌そうにも照れているようにも見えた。が、これだって都合よく解釈しようとしているだけなんじゃないかと疑う。

「死ぬまで、俺のそばに？」

「そうだ」

「サタさんが、ずっと？」

「そうだ」

解釈に間違いはなさそうだった。

「あの……なんで？」

問えばサタにキッと睨みつけられた。悪魔の睨みは鋭いが、怖くないのはそれが怒っているがゆえの睨みではないとわかるから。

「おまえを我のものにすると言っただろう。神には了承を得た。余計なちょっかいはもうかけないと約束させた」

「余計なちょっかいって……」

「こいつを唆したのは神だからな。放っておくとまた暇にあかせて面倒なことをしかけてくるかもしれん」

こいつと顎で差されたペイルは肩を竦めた。

「あなたがマジだなんて、私は信用しませんよ。飽きて捨てる時にはご一報を。引き取りに伺います」

ペイルに不要品の回収のようなことを言われる。

「こんな白いの喰ったら、おまえなんか腹を下すぞ」

「私はあなたと違って雑食なのでご心配なく」

ペイルはそう言うと、胸に手を当てて西洋貴族風のお辞儀をした。そして、

「じゃあ、またな」

劫の頬をさらっと撫でて飛んでいく。黒い翼が彼方に消えていくのを、劫は見えなくなるまで目で追っていた。赦しがたい相手なのに、なぜか名残惜《なごりお》しい。

「悪魔って、罰されたりしないの？　人を殺してもお咎めなし？」

罰してほしい気持ちには、償《つぐな》ってくれれば赦すことができるという気持ちが含まれていた。

「まあ、悪魔だからな。ペイルには別件で我が個人的に制裁を与えてもいいが……。悪魔に遭遇して死んだのは事故死と同じだ」

「自分で呼び出したわけでもないのに？　俺のせいなのに……事故死なんて」

罪悪感が劫の上に重くのしかかってきた。自分は幸せになんてなっちゃいけない。サタがずっとそばにいてくれるなんて、そんなのは幸せすぎて申し訳ない。心がスッと冷える。

「おまえのせいではない。そもそも神がペイルを唆したのが原因だ。神のしたことは『運命』そう言っただろう？」

「そう、だけど……」

自分が生まれたことを運命とするなら、院長が死んだことも運命。でもそう簡単には割り切れない。

「俺が生まれなければ……」

「まだ言うか。それなら、レイが人間に恋をしたのがいけない。神が浅はかな罠《わな》をしかけたのがいけない。それ以前に、我がレイを傷つけたのがいけなかったのかもしれない。運命という言葉は、理不尽なものを割り切るために人間が作り出した知恵だ。便利に使っておけ」

「う、ん……」

劫は納得しないままうなずいた。

今さらどう言っても、どうにもならないことだけは確かだった。自分が死んでも、今まで起こったことがなかったことにはならない。

「こういう時こそ諦めのよさを発揮《はっき》しろ。死んだ人は生き返らない。自分のことならすぐに諦めるのに、なぜ他人のことをそうグチグチ悔やむ？　おまえによくしてくれた人でもないのに」

「よくしてくれたよ。俺が俺じゃなかったら、きっともっと優しくしてくれたんだ」

思わずむきになってしまった。サタに言ってもしょうがないことなのに。

「ごめん。……あの、下に降ろしてくれる？」

ふわふわ浮いているから、考えもあちこちに飛んで巧くまとまらないのかもしれない。それに、ペイルがいなくなって二人だけでくっついて飛んでいるのは、なんだか変な感じだ。急に恥ずかしくなってきた。

「このままおまえの家に戻る」

「え？　いや、待って。詞栄が……」

「猫など放っておけばいい」

「猫だから放っておけないんだけど！　え、待ってちょっと、詞栄！」

サタは劫の制止を無視して飛び、劫は地上の詞栄に手を伸ばす。詞栄はちょこんと座ってこちらを見上げ、まったく動かなかった。

その口から溜息が漏れたように見えたが、気のせいかもしれない。

七

ゆっくりと飛んで、劫のアパートまで戻ってきた。

「抱えてるのって、重くないの？」

「おまえはもっと太った方がいい。軽すぎる」

軽いといっても五十キロ以上はある。気を遣って訊いたのにコンプレックスを刺激されて気分が悪い。そんなに極端に痩《や》せているわけではないが、サタに比べれば自分の体は貧相としか言いようがなかった。

玄関前で降ろされ、鍵を開けて中に入る。こんなことでは足の筋肉まで退化してしまいそうだ。

「コーヒー淹れようか」

「いや、いい」

サタはいつもの窓際のチェアにどっかりと腰を下ろした。いつ見ても偉そうだ。たぶん本当に偉いのだろう。普段の自信満々な様子からしても、ペイルの態度からしても、かなり上位の悪魔に違いない。

そんな悪魔が、本当に自分と一緒にいてくれるのか。

まったく信じられない。

「なぜ、俺と一緒にいてくれるの？」

劫は黒いスーツの上着を脱ぎ、ソファに腰掛けてストレートに問いかけた。

「暇潰しだと言っただろう」

いつもそう言うが、それがサタの本心だとは思えなかった。

「俺で暇は潰れないと思うけど……。もしかして、レイティさんへの罪滅ぼしみたいなもの？　代わりに面倒みてやるか、みたいな……」

レイティに一言もなく去ったのは、どうせ連れてはいけないのだから……と言った、それがすべてなのではないだろうか。言ってもしょうがないことは言わない、きっとそういう質なのだ。それでもたぶん、悪いことをしたという気持ちがないわけではない。

「レイの代わり？　父親代わりか？　寝言は寝て言え、だな。おまえは父親が欲しいのか？」

鼻で笑い飛ばされて、ホッとした。そばにいてくれるならどんな理由でもいいと思っていたけれど、父の代わりにそばにいられても、たぶん困る。

「もう父親を欲しがる歳じゃないよ。……俺は……俺が欲しいのは……」

もう大人だから、父親では困る。そういう気持ちを巧く伝えられない。誰かに気持ちを伝える努力なんて、今まで一切してこなかった。

「お、俺が死んだら、喰っていいから」

そんなことが言いたいわけじゃない。物事の本質、本当の望みというものは、簡単に口にはできないものらしい。恥ずかしくて、なにより壊されるのが怖い。

「当然だ。おまえはすでに我のものなのだから。ずっと護ってやると言っている。嬉しくないのか？」

「それはもちろん、嬉しい……けど」

「けど？」

「信じられない」

なぜ自分なんかを気に入ってくれたのだろう。罪滅ぼしだとか、そういうわかりやすい理由があれば納得できる。

「まあ、人を惑わせるのが我の仕事のようなものだから、別に信じなくてもいいが」

信じさせる努力などする気はないらしい。でも、信じられないのはサタのせいではないから、してもらわなくてもかまわない。ただ自分に自信がないだけなのだから……。

それでも、サタのそばにいたい、という自分の気持ちは信じられる。自分の中のなによりも強い想い。

ずっとじゃなくてもいい。今だけでもいい。もし、惑わされ騙されているのであっても、惑わして騙してくれる相手がいるだけで幸せだ。その相手がサタだなんて最高に贅沢だ。

「いなくなる時は羽を一本置いていって。それだけでいいから……お願い」

黙っていなくなられるのは阻止したかった。

「おまえ……見事に信じてないな。まあ、ずっと疑っていればいい。最期の時に、信じなくて悪かったと謝らせてやる」

サタが立ち上がり、近づいてくる。なぜかとても機嫌よさそうに笑いながら。

最期の時。自分が死ぬ時。サタがそばにいてくれる。そんな幸せな瞬間が訪れるのなら、早く死にたい。

「うん。謝るよ」

目の前に立ったサタを見上げ、劫は笑う。

嬉しくて、幸せで。今までにない衝動が湧き上がってきて、思い切ってその胸に抱きついてみた。言葉にできない想いを体で伝える。

しっかりと受け止められ、サタの両腕が背中に回されると、自分の居場所を見つけた気がした。

この世のどこにも居場所なんてないと思っていた。どこにいても異邦人。落ち着ける場所を得ることは一生ないのだと諦めていた。

だけどそうではなかった。生まれる場所は選べないが、どこに根を下ろして生きていくかは自分で決めることができる。ただ、自分が決めても、受け入れられることはないと思っていた。

「俺、ここがいい。ここにいたい……ずっと」

たくましい体に腕を回し、ぎゅっと抱きしめる。やっと想いを口にすることができた。

——ここで死にたい。

そう思っても、いつもの声は聞こえてこなかった。

ここで死にたいというのは、命尽きるまでここで生きたいということ。『生きて……命尽きるまで』という言葉の本当の意味がやっとわかった気がした。死ななければ生きているというわけではない。

「やっとおまえの本当の望みを聞けたな。……叶えてやろう、我が命において」

受け入れてもらえた。それだけで世界の色が一変する。

「契約をするの？」

サタは悪魔だからそれが必要なのかと思っただけで、縛りたいと思ったわけではない。サタの自由を奪いたいようで、それはしたくないような、複雑な気持ちだった。

「じゃあ、人間式で」

サタは劫の不安な面持ちを見て言った。

「え？　人間式の契約って……紙の？」

書面に起こして印鑑を押す、悪魔にそんな契約は意味がないだろう。

「いや。体で。契《ちぎ》りを結ぶというだろう？」

「契りって……古いよ。それに、それならもうやったし……」

「あんなのはお遊びだ」

サタの目がスッと細められると、心臓がギュッと反応する。

「でも、俺を……親友の子を……抱ける？」

ただの子供ではない。自分の中にはその魂がいるのだ。

「我にモラルを問うか？　馬鹿馬鹿しい。欲しいものは手に入れる。あいつが怒ろうと関係ない。邪魔をするなら消すだけだ」

真っ直ぐに見つめられ、欲しいと言われた瞬間に、なにもかもがどうでもよくなった。親不孝だとしても止められない。

「俺、契るよ。サタさんと契約する」

悪魔と契約を交わす。後に残るのは、ぽっかりと魂の抜けた遺体だけかもしれない。でも怖くなかった。

相手を信じるというのは、後悔しないということなのだろう。

「では、おまえを我のものにする」

契約は口づけから始まった。唇が触れるだけで全身が痺れる。

前にした時とはなにかが違う。契約だからなにか特殊なやり方をしているのだろうか。

「ん……ぁっ……」

口蓋を舐められると、ビクビクッと体が反応した。劫はただしがみつくことしかできない。

長い指が劫の髪を掻き乱し、息苦しさに逃がれようとする頭を固定する。口の端から溢れた唾液は、もうどちらのものかわからなかった。交わってひとつになることを不快だとは少しも思わない。

ただ息継ぎが巧くできなくて苦しい。

「まだ、死ぬなよ」

唇が離れてぐったりした劫に、サタが苦笑しながら言う。

「こ、殺そうと、した……でしょ」

「馬鹿な。今から、だろう？」

冷たい指先が慈《いつく》しむように頬を撫で、鋭い瞳に胸がざわめく。自分だけを見つめるアメジストの瞳に、心も体も昂《たか》ぶっていく。

浅いキスを何度も繰り返しながら、ネクタイを抜かれ、ワイシャツのボタンをひとつずつ外される。首筋に吸い付かれ、劫はまたサタの背中に腕を回した。

サタの舌は気持ちいい。肌を撫でられ、うっとりと目を閉じる。

悪魔と情を交わすことの前には、男同士なんて些細な障害でしかない。平らな胸に舌を這わされても快感しかなく、劣等感や背徳感なんてもう問題にもならなかった。

しかし、体がふわりと浮くと、劫は焦った。

「待って。ベッド、ベッドがいい」

「ベッド？　星を見ながらとか、海の上でとか、体位だって自由自在だぞ？」

「いや、あの、普通がいい。人間仕様の普通でお願いします」

またあの透明ドーム状の結界の中でふわふわとやられては、セックスしたというより、なにかアクロバ

ティックなスポーツをした気分になる。

もっとちゃんと抱き合いたかった。

「普通……なるほど。重力が鬱陶しいんだがな」

「でも、重力があった方が、こう……抱き合った時にぴったり重なって気持ちいい……と、思うんだけど」

なにを必死になって言っているのかと、言いながら顔が赤くなっていく。

サタはニヤッと笑い、「よかろう」と隣の寝室へ移動する。

しかし、ベッドに横になって覆い被さるサタを見上げると、違和感を覚えずにはいられなかった。一般的なアパートの内装と簡素な木製のシングルベッドは庶民的すぎて、サタの現実離れした容姿と高貴な雰囲気にまったくそぐわない。なにひとつマッチしない。いかに自分とサタがかけ離れているか思い知らされる。

「狭い」

その苦情はもっともだと言わざるをえなかった。

「ぴったりくっつけば……」

そういう問題ではない気がするが、いろんなことに目をつぶってサタの体を抱き寄せた。

「劫？」

自分には相応しくない。そんな思いが込み上げてきてたまらなくなる。

「なんで……なんで俺なの？」

またそこに戻ってしまう。その答えをやはり一度は聞かないと不安は消せないのかもしれない。なにを言われても、すべてを受け入れる覚悟はできている——つもりだった。

「別に誰でもよかった」

耳を疑う言葉に、劫はビクッとサタの体から手を離した。

本当は少し期待していたのだ。自分でなくてはいけない、という言葉をかけてもらえるのではないかと。

悪魔相手に優しい言葉を期待してしまった。

拘束を解かれたサタは、体を起こして片肘《かたひじ》を突き、間近に劫の顔をじっと見つめる。その視線すら辛くて劫は目を逸らした。

しかしサタは劫の頬を掴むと、強引に視線を自分に戻させた。悪魔の所行に劫は泣きそうになりながらサタを見つめ返す。

「誰でもよかったが、積極的に誰かを手に入れたいと思うことはなかった。長い年月が過ぎて、孤独こそが我なのだと思っていた。しかし……。おまえの真っ白な孤独に引かれたのかもしれない。なぜかはわからないが、おまえが笑うと嬉しくなるし、泣かれると困る。人間に感情を揺らされることなど、今までなかったことだ」

アメジストの瞳は不思議な揺らめき方をするのだと知った。そのきれいな瞳に見つめられ、

「おまえだけだ」

と言われれば、胸が熱くなる。じわりと嬉しさが込み上げてきて、にわかに恥ずかしくなった。

「孤独に……同情してくれた？」

「同情？　我には理解不能な感情だな」

「じゃあ、共鳴とか……シンパシーとか。あ、親友が中にいるから？」

自分でもなにを言っているのかわからない。今さらそんなことを言いたいわけじゃない。

「その親友を捨ててまで得た真っ黒な孤独に、自ら白い染みを付けようとしているのだ。闇に小さな光を灯す。……これが我にとってどれだけ不本意なことかわかるか？」

サタは本当に嫌そうに言った。

劫にとっては辛いばかりの孤独も、サタにとっては大切なものらしい。親友より重きを置いた孤独という闇に、劫という白い染みがつくのを許す。それがサタにとってすごいことだというのはわかる。なぜそばに置くのかという理由はわからなくても、覚悟は伝わった。

劫が生きている間の、ほんのつかの間のことだからいいのかもしれない。いや、つかの間だとわかっているのだから、やり過ごすことだってできただろう。でも、一緒にいることを選んでくれた。

一度手に入れて失うのは、なにもない今よりも辛いかもしれない。でもそれはお互い様だ。

「うん、わかる。ごめん。ちょっとびっくりして……照れくさかったんだ。俺はなにもないから……空っぽだから、俺の中をサタさんでいっぱいにして」

「ずいぶん直接的な誘い文句だな」

「そ、そういうんじゃないけど……。俺、生まれてきてよかった。ありがとう、サタさん」

心からの笑顔をサタに向ける。そして、父にも心密かに礼を言う。生かしてくれてありがとう、と。

「礼を言うなと何度言えば……」

そう言いながらサタは笑った。どこか甘さをにじませた柔らかい表情に、昔天使だった頃のサタを見たような気がした。胸の奥がキュッとしたのは、もしかしたら父の感傷だろうか。

しかし、サタの顔から天使の片鱗《へんりん》はあっという間に消えた。

真面目な顔で劫の頬を両手で挟むと、噛みつくように唇を奪う。中に入ってきた舌が、ほんわりした幸せ気分を、鮮烈な官能へと塗り替えていく。

絡みついてくる舌に必死に応えようとするのだが、思いもしない性感帯を暴かれ、劫はどんどん逃げ腰になってしまう。

「んんっ……ん、ん、……っ」

しかしサタはまったく逃がしてくれなくて、されるまま従順に身を震わせるしかなかった。

長い指はしばらく劫の髪を掻き乱していたが、首筋から胸元へと肌をくすぐるようなタッチで下りていく。手のひら全体で劫の薄い胸板を撫で回し、さりげなく二つの飾りの上を通り過ぎた。

「……っ」

劫が敏感に反応したのに気づかぬわけもないが、素知らぬ顔で撫で回し続ける。粒が硬く凝って指に引っかかるようになって、やっと存在に気づいたかのようにそれを摘まんだ。

「ひぅっ……」

変な声が出てハッと口を押さえる。

サタはやっぱり無表情で、劫はどうしていいのか不安になった。

人間関係は全般に経験不足だが、特に色事は自分とは無縁だと思っていたから、予備知識は極端に少ない。とはいえ、どんなに経験豊富であっても、相手が悪魔では大して役に立たなかっただろう。

自分もなにかサタを悦ばせるようなことをしたいと思うが、どうすればいいのか。あられもない声を出して悶えるのがいいのか、あくまでも慎《つつ》ましやかに耐えるのがいいのか。

今までのサタの反応を見る限り……と、思い出そうとして、なにも思い出せないことに気づく。サタの反応を窺っている余裕なんてどこにもなかったのだ。

「あ、あの、悪魔は、どうするの？　どんなふうに、するの……？」

人間的なやり方をお願いしたが、それだけでは不公平だ。歩み寄りは必要だと問いかけた。

「別に……そうだな、じゃあ……目をつぶっていろ。声も出すな」

「え？　悪魔って、そんな感じなの？」

あまりにも意外なやり方だった。

「ああ」

「そ、そうなんだ。わかった」

劫はまったく疑うことなく目をつぶった。サタが笑ったことになど当然気づけない。

目を閉じると感覚が鋭くなる。素肌を撫でられるだけで息が上がり、胸の飾りを弄《いじ》られると反射的に声が漏れた。

「あっ……。あ、ごめん……」

声を出さないというのはかなり難しい。

「ん……んっ……」

明確な声ではないが、それは完全に喘ぎ声だった。乳首を触られるとどうしてもそれが漏れてしまう。

口に手を当ててもあまり意味がない。

劫は真っ暗な中で、視覚以外のすべてを使ってサタを感じていた。触覚も聴覚も研ぎ澄まされ、触れられるだけでなく触りたくなって手を伸ばした。彫像のような胸板は滑らかな凹凸《おうとつ》を描き、体温はやはり低めだった。

覆い被さっている体が下にずれていき、胸に湿り気を感じる。唇でついばまれているのがわかった。そこにざらりと舌が絡みつき、舐められてまた体が跳ねる。

「い、や……んっ、んんっ……」

なんだか動物と交わっているような気分だった。舌が妙に温かく感じられて不安になる。

ざらりと舐められると、ぞわっと肌が粟立《あわだ》った。首筋から鎖骨《さこつ》のくぼみのあたりが弱いのだと、自分の感じるところがよくわかる。

脇腹を撫でられてくすぐったさに声が出て、乳首はなにをされても声が出る。

自分にはどうやら悪魔的なセックスは無理らしい。感覚が鋭くなっても、それ以上に不安が増して、快感は長続きしない。

本当に悪魔はこういうのがいいのだろうか。

劫は自分の全部でサタを感じたかった。今どんな顔で自分を抱いているのか見たかった。

最初の時はほとんどパニック状態で、現実味もなく、自分を抱く男なんて二度と現れないに違いないという思いが背中を押した。興味本位と自暴自棄。

あの時は本当になにも知らなかった。生きる目標もなく、悪魔と堕ちることに恐怖もなく、自分で自分を殺しさえしなければいいと思っていた。

サタがどんな顔をして自分を抱いていたのかも覚えていない。

「見たい。見たいよ……」

「見たければ見ればいい。おまえのしたいようにすればいい」

声はすぐ近くで聞こえ、目を開ければサタの顔が見えた。自分を見つめる瞳に、心からホッとする。

「よかった……」

アメジストの瞳は、本物の紫水晶よりも濃く澄んでいた。触れたくて手を伸ばせば、その手首を掴まれる。

「おまえこそ誰でもよかったんじゃないのか？　おまえを見て、おまえに触れてくれる奴なら誰でも。男でも女でも、たとえ人でなくても」

そう言われて、確かにそう思っていたことを思い出す。自分に向かって手を伸ばしてくれるのなら、きっと誰の手でも掴んだだろう。

「もう、ダメみたいだ。サタさんじゃなきゃ……」

もう他の誰かの手を取ることはない。

「悪魔を信じるのか？」

「うん。堕ちるのも騙されるのも怖くない。俺はサタさんを信じるよ」

正直に言えば、サタがニヤリと笑った。

「堕ちてこい、ちゃんと受け止めてやる」

腕を引かれて浮いた上半身をぎゅっと強く抱きしめられた。

「な、なに……格好いいこと言わないでよ……」

嬉しくて、照れくさくて、顔が赤くなる。見られないように劫もサタの背に腕を回してくっついた。

「失礼な。我はいつでも格好いいだろう」

サタが頭を引いて、間近に視線が絡む。冷たい微笑は見惚れるほどきれいだった。

「冗談なのか本気なのかわからないよ」

「それは我にもわからない」

煙に巻かれる。サタももしかして照れているのだろうか。顔にはまったく出ないのだが。

顔を間近に見合わせた状態で胸の粒をグリグリと弄られる。

「――っ」

劫はビクッと息を呑んだ。爪を立てられて背中を丸める。

「痛いのは気持ちいいか？」

「い、痛いのは、痛いよ……」

「そういう色ではないがな」

なんの色か問いかけることもできなかった。サタの胸に手を突いて逃れようとするが、腰を抱かれて後ろに下がれない。

座った状態で向かい合い、サタは顔を落として劫の首筋を吸い上げる。痛みと快感が点々と散る。

サタの右手が劫の股間を捕らえた。正面から逆手で掴まれ、スラックスの上からグニグニと揉まれた。

「やっ、んっ」

前を開かれ、下着の上からまた掴まれて、さっきよりもリアルに指の動きを感じる。思わず腰が揺れた。

乳首に吸い付かれ、背をのけぞらせてそのままパタンと後ろに倒れる。サタが犬のようにのしかかってきて、劫はその背に腕を回した。

体温が少し近づいている気がする。自分が熱いから、股間の形をなぞる指がとても冷たく感じられるけれど、重なる体は冷たすぎず気持ちいい。

奇跡だと思う。自分にとってたったひとりの人と、こうして肌を合わせられるだけでも。あまつさえその体温をたまらなく気持ちよく感じられることも。

「サタさん……サタさ、ん……気持ちい……」

伝えたくて必死で口に出した。

「上が？　下が？」

上は乳首を舌で転がし、下は下着の中に手を入れて直に性器を弄びながら、サタは上目遣いに訊く。

「どっちも……。それより重力が……」

「重力？」

おかしなことを聞いたとサタは問い返した。

「サタさんが、ぴったり……重くて、触れ合って、擦れるのが、いい……」

サタが動けば体が擦れ合う。ふわふわした中で強く抱き合いながらというのもいいけれど、足の先でも重みを感じて、予期せず触れ合ったり絡み合ったりするのが気持ちいい。

「重力……」

サタは言葉の意味を理解はしたようだが、納得はしていないようだった。

スラックスも下着も取り払われ、サタも腰布を外して二人とも一糸まとわぬ姿になった。抱き合えば肌が直接擦れ合う。

「こういうのがいいのか？」

サタは劫の上にぴったり重なって、腰を揺らした。

「んっ、いい……」

「じゃあずっとこうしてるか？」

「え、……」

さすがにそれは生殺し状態だと劫にもわかる。

「重力は、付加価値というか……さ、触って……」

劫は頬をくすぐるサタの手を掴み、その指を口に含んだ。

この指で触れてほしい、と舌を這わせ、舐めているうちに夢中になる。技巧などまったくない子供の指しゃぶりのように、ひとつずつすべての指を舐め尽くす。

「で？　このべとべとの手をどうすればいい？」

サタは口の端を歪めただけのシニカルな笑みを浮かべ、恍惚《こうこつ》とした劫に問いかける。

「あ、お、俺の……に、触って」

その手を下に導いた。素直に手は劫の股間に置かれたけど、動かない。

呆れられたのかもしれない、と思うと胸がスッと冷たくなった。それとも勝手なことをするのに怒ったのだろうか。

股間に置かれたまま動かない手をどうにもすることができず、途方に暮れてサタの顔色を窺う。

サタは笑っていた。

「もう終わりか？　我の手で自慰でも始めるんじゃないかと期待したんだが」

どうやら面白がって野放しにしていたらしい。

「うー……」

劫は真っ赤になって横を向いて、サタに言われたようにその手を自分の股間に押しつけて動かした。もうやけくそだ。

されるままにしか動かない役立たずの手でも、劫は感じていた。それだけでも気持ちよくて、目を閉じて腰をもぞもぞと動かす。本当に自慰のように。

「ん……」

吐息が漏れたところで、指がするりと絡みついてきた。いたずらするように裏筋を撫でる。

「あっんっ……ああ……」

サタの指が動き始めると、自慰はセックスに変わった。快感もまったく別物になる。

「意外にエロかったぞ、劫」

ご褒美だというようにサタの指は巧みに動いた。まるで軟体動物に絡みつかれているかのような動きに、劫は恍惚と声を上げた。

「ん、や……はぁ……あ、あ、ぁ……」

腰がじんじんと痺れる。ゾクゾクと背筋をなにかが駆け上がって、胸の粒をしゃぶる音に耳を犯される。体中から集まってきた快感の分子が劫の中心で解放を求めていた。しかし、あともう少しというところでサタの手が離れ、太腿を撫でる。

「ん、サタさ……んっ……」

劫はもじもじと腰を動かして、胸の尖りを舌で撫でるサタに目で訴えかける。

「イきたいか？　それとも、入れてほしいか？」

サタの指が劫の後ろのすぼまりを突いた。劫はピクッとそこを締める。

「イきたい……けど、一緒に……」

硬く勃ち上がったものは、先端から涙をこぼし、早くなんとかしてほしいと訴えている。

サタはそれを優しく包み込んだ。あくまでも優しく、刺激を与えすぎないように。

「んっ」

それにすら劫は背筋を震わせ、思わずその手に自分を擦りつけてしまう。

「結局、ひとりでイくか」

気持ちよさに腰を揺らせば、上からじっと見つめられていた。カッと頬が熱くなり、腰を引く。

「どうした？　したいようにすればいい」

「いや、でも……。――はぅっ！」

ぎゅっと掴まれて暴発しそうになった。心拍数が一気に跳ね上がる。

「浅ましく求めればいい。どうする？　どうしたい？　おまえの望みを言え」

「一緒に……気持ちよくなりたい。入れたら、サタさんは気持ちいい？　俺の中……」

自信はまったくなかった。自分の体でサタは気持ちよくなってくれるのか。一緒にいてくれることや好意と、体の反応がイコールとは限らない。

体の構造自体は、悪魔も人もなにも変わらないように見えるのだが。

「ああ、気持ちいいぞ」

その微笑みは淫靡《いんび》で優しく、劫の心臓を一発で撃ち貫いた。

「じゃあ、じゃあ、入れて……」

自分が痛かったり恥ずかしかったりするのは、もうどうでもよかった。自ら足を広げて意思表示する。

サタは劫の背中から尻へと手を滑らせて、尻たぶを掴んで指で襞を撫でる。そして上から腰を押しつけて、二つの昂ぶりを触れ合わせた。

「あぁっ……」

イかないように堪えながら、劫はじわりと腰を揺らし、サタの熱を感じる。冷たくはない。きっと同じくらいの温度。

「熱いな……体の奥がざわざわして、種付けができそうな気分だ。おまえ、女でなくてよかったな」

サタはニヤッと笑った。

女だったら子供ができるような行為、それこそが契るということだ。

生殖能力がないということは、そういう目的で体を重ねることがないということだろう。なのにサタがそう感じてくれていることが、無性に嬉しかった。

自分もこうして生まれたのかと、考えそうになって思考停止した。親の生々しいのは知りたくない。

自分の生々しいのもあんまり知られたくないのだが、今はそんなことに気を回している余裕はなかった。

——俺、すごく生きてるから……命尽きるまで全力で生きるから。

胸に手を当てて言い訳をして、切り離す。サタとだけ向き合う。

「して。……俺の中に……」

目の前の胸に抱きついた。自分を押しつけてねだる。ねだるなんて、サタにしかしたことがない。

「意外に暴走するのか」

ボソッとサタが呟いたのが聞こえ、呆れられたのかとその顔を見る。楽しそうに笑っているのを見てホッとした。

「おまえの願いは叶えてやる」

そう言ったくせにサタは、自分が仰向けにベッドに寝転がり、上に劫を乗せた。体勢が逆転して劫は戸惑う。

「サタさん……？」

「自分で入れてみろ。重力、好きだろ？」

ニヤッと笑う。これは願いを叶えていると言えるのか。

馬乗りでサタを見下ろし、劫はカーッと赤くなる。重力ということはつまり、そういうことなのだろう。直視するのも恐ろしいソレの上にまたがって、重力の助けを借りろ、と。

意地悪は悪魔流のコミュニケーションなのか。願いも頼みも素直に叶えてはくれない。

サタのソレを握って、腰を浮かす。扱いた方がいいのかと一瞬思ったが、これ以上大きくなられても困る。

本当にこんなものが一度は自分の中に入ったのだろうか。先端を当てただけで怖《お》じ気《け》づく。

泣きそうな気分でサタの顔を見れば、さあどうする？　と楽しげな笑みが浮かんでいて、引くにも引けず覚悟を決める。

片膝を突いて手を添えて、後は重力に従うだけだと思ったのだが、どうやら拒む筋力の方が強いらしい。

ほんの少し入ったところで止まってしまう。

「どうした？」

問われて唾を飲み込む。

「あの……」

「無理か」

「いや、そうじゃなくて……前より大きくなった、とかいうことは？」

これがどうやって入ったのか記憶にない。気持ちよかったことは覚えているのだけど。

「こんなことに力を使ったりしない。言って置くが、これでもマックスサイズではないぞ？」

「そ、そうなんだ」

思い切りが必要なのか。ぎゅっと目を閉じて、すべてを重力にゆだねようとしたのだが、手の中のものがするっと抜けた。

「え？」

目を開ければサタが上体を起こしていた。

「無茶するな。前はちゃんとほぐしてやっただろう、忘れたのか？」

サタは劫の腰を抱き、自分の太腿の上に座らせた。

劫は忘れたとも言えずに目を逸らしたが、心からホッとしていた。キスをされ、背中を撫でていた指が尾骶骨《びていこつ》から尻の谷間へと滑り、無防備な穴にするりと入った。

「ひ、――んっ！」

そこはキュッと締まって異物を排除しようとしたが、かまわず指は入っていく。

さっきまで覚悟していたものに比べれば指くらいはなんともない。そう思っていたせいか、サタが巧いのか、抵抗もなく指は中に入り、我が物顔で掻き乱す。

その感触で前にもこうされたことを思い出した。

この指はやはりなにか媚薬のようなものを出しているに違いない。

「んっ……あ……あぁ……」

すぐに気持ちよくなって腰が揺れる。恐怖に萎えていたものも、サタの腹に擦れてあっという間に元気を取り戻した。

うごめく指は劫の感じるところをちゃんと覚えていて、そこを撫でられると自然に声が溢れた。

「ん……んんっ……あ、ぁあっ……」

そして現金にも待ちわびる。さっきまで凶器にしか思えなかったものの到来を。

しかしサタはなかなか与えてはくれなかった。劫は背をのけぞらせ、涙目で訴える。

「サタさ……、欲しい、もう……入れて」

劫がはっきりと口に出してねだるまで、愛撫という名の焦《じ》らしは続いた。

「これが欲しいか？」

腰を持ち上げられ、先端をあてがわれて問いかけられる。劫がうなずくより先に、そこが収縮して答えた。早く欲しい、と――。

今度はすぐに望みが叶えられた。重力のまま、それは一気に劫を貫いた。

「ああっ！　ん、……あ……」

繋がった余韻に浸る間もなく揺さぶられる。

「あ、あぁ……、すご……」

焦らされた末の激しさに、我慢していたのは自分だけではないと知らされる。

抱きしめられ、下から突き上げられて、劫も必死でそれに応えた。といっても、しがみついて腰をもぞもぞ揺らす程度のことしかできなかったが。

「あ……ん、サタさ……サタニス……」

うわごとのように名前を口走る。それは他の人から聞いた名前で、劫はまだ呼ぶことを許されてはいなかった。しかしもっと近づきたい思いがそれを口に上らせる。

「サタニウスだ。正確にはサイザール・サタニウス。神以外にこの名を知る者はいない」

サタはこともなげに告げた。

さらっとすごいことを言われた気がするのだが、それよりも本当の名前を知れた喜びが大きかった。

「サイザール・サタニウス……」

呟いて噛みしめる。神という絶対の存在を除けば、自分しか知らない名前……。心の奥から熱くなる。

「これでおまえは、この世界を潰す力を手に入れたも同じだ」

悦びはそんなことにはなかった。

心も体も繋がっていると感じられること、それがなにより快感だった。

「な、に……？　あ……や、ン……」

突き上げられながら前も扱かれて、すぐに思考は停止する。

「まあ、おまえが世界を望むとも思えぬが……」

その瞳が自分を見つめてくれれば、他にはなにもいらない。たまにこうして触れてくれたら最高に幸せになれる。

「サタニ……ス……好き。大好き」

伝えたい気持ちがありすぎて、高まって、一番シンプルな言葉になって口から出た。

サタの激しい動きが一瞬止まった。

「ふ……こんなことで、この我が……。わりと簡単なものだな」

苦笑して呟いた。その顔に浮かんでいたのは、負けを認めた者の幸せな笑み。そのいやに人間ぽい表情

に、劫はまた惹かれる。

口づけを求めれば与えられた。キスをするたびに舌が甘くなっていく気がする。

「劫……」

声まで甘くて、耳から入ったなにかが脳を溶かしていく。

「サタさ……あ、んんっ……」

サタのすべてが自分にとっては媚薬なのかもしれない。それは体中に広がって、浸食されて、どこもかしこも敏感になる。肌が触れ合うだけで、名前を呼ばれるだけで、ゾクゾクと快感が走る。

「あ……あ……あっ……もう出ちゃ……いっちゃ……」

舌っ足らずに訴えてしがみつけば、ベッドの上に押し倒された。上からのしかかってきたサタは、一層激しく動き始める。

「劫……劫……」

いつも余裕のサタらしからぬ激しさも、自分の名前を連呼されることも、劫にとってはありえない幸せだった。心が震えて、感動は体の中に収まりきらなくなって、堰《せき》を切った。

「あ、あ、イク……イッちゃう！」

体を震わせて悦びを吐き出す。これまでの人生分の溜まっていたものが放出され、昇華される。

ヒクつくそこをさらに深く突き、サタは胸をのけぞらせた。

バサッと翼が広がると同時に、劫の中を熱いものが満たしていく。

「契約、成立だ。……我はおまえのもの……おまえが死ぬまで共にあろう」

劫は自分の中に、新たな生の種が蒔かれたことを知った。

強い腕に抱きしめられる。ほの温かい胸に抱かれて、劫は安心した子供のように目を閉じた。

目覚めると腕の中……ではなかった。

「低体温症で死なれても困る」

そう言われて思い出した。最初の時は朝まで抱きしめてくれていたのだ。その方が人間としては愛を感じるのだが、悪魔的にはそうではないらしい。

「あれって本気で死んでもいいって思ってたんだ……」

抱きしめ続けないことが愛情表現というのはちょっと寂しい。横に寝ている体にくっついて、ぎゅっと抱きしめる。確かにその体はもう冷えていたが、離れる気にはなれなかった。

「生に執着する人間の気持ちが少し理解できるようになった」

最初に出会った時、人間のその気持ちがわからないと言ったサタに、劫も同意した。どうせ死ぬのだから、と言ったのだ。生きるということをよくわかっていなかった。

「うん、俺も……。今はちょっと長生きしたい」

「ちょっとか。おまえの長生きなんてたかがしれてる」

寂しそうなのが嬉しい。サタの腕が背中に回り、抱き寄せられた。

「神もおまえには負い目があるようだから、天使にしろとねだってみろ」

「え？　うーん……サタさんとはできるだけ長く一緒にいたいけど……でも、俺は俺だから。身の丈以上のものを無理に求める気はないよ」

「おまえは割り切りがよすぎる。もっと欲張れ」

手に入れようと努力して報われたことはなかった。欲張るどころか、ひとつとして手に入ったためしがない。結果、諦めのよさだけが身についた。

「今までいろんなことを全部諦めてきたから……欲張るってしたことがないんだよね」

他人の反応がないと、人は頑張れないものらしい。無反応ではなにをしても虚しかった。

「諦めもいいが、おまえはいろいろ赦しすぎだ。もっと憎んだり恨んだり、がっついたりしてみろ」

「赦し?」

「人は己が排除されると排除し返すものだ。攻撃的になるか、引きこもるか……愛されない人間の魂はどんどん屈折していく。おまえは諦めることで真っ直ぐに生きてきた。そして周りの人間を赦すことで、孤独に耐えた。諦めるというのは自分から切り離すことだが、赦すというのは受け入れることだ。つまり愛だ。だからおまえはもう誰も赦すな」

はたして褒められたのか。ただ分析されたのか。最後にすごく屈折した独占欲を見せられた気もする。

「運命を受け入れろって言ったくせに」

劫はサタの腕の中でクスクスと笑う。

「あれは……おまえが変な顔をするから……詭弁《きべん》というやつだ。誰も赦すな。特にペイルなど絶対に赦してはならない。あいつはおまえを気に入っている。甘い顔をしたらすぐに付け入られる」

「それはまあ、赦す気はないけど」

院長を殺めたことを忘れることはできないだろう。ただ、恨んだり憎んだりという激しい感情は自分の中に見つけられなかった。

「魂って、美味しいの？　あ、でも美味しいから食べたいわけじゃないのか、ペイルの場合。俺を食べたら強くなるって本当？」

自分の魂にそんな力があるとは思えない。

「神がそう言ったのなら、本当なのだろう。味はそれぞれだし、我にはおまえが美味そうにはまったく見えない」

「白いから？」

「ああ。中身も側も真っ白だ……」

「側って、封印のこと？　お父さんと言ってみた。お父さんの……」

初めてお父さんと言ってみた。なんだか照れくさくて温かい気持ちになる。

「時間をかけて真っ黒にしてやろう。あいつに我が負けるわけがない」

なにか闘争心を掻き立てられているらしい。昔の二人もそんな感じだったのだろうか。そういうのはやっぱり少し羨ましい。

「俺は真っ黒になんてならないよ。美味そうなんて言われたくないし……。あ、そろそろ起きて、仕事に行かなきゃ」

最終的に食べられるのはかまわないが、生きている間は自分を餌だとは思いたくない。

劫が起き上がろうとすると、腕の力が強くなった。

「休め。我と共にあるということは、堕落するということだ」

「だから、黒くはならないって。サタさんは好きなだけダラダラしてたらいいよ」

強引に起き上がって風呂場に向かう。体に怠さも不快感もまったくないのは、サタのなにかの力なのか。部屋を出ようとして振り返ると、サタは不満そうにこちらを見ていた。

視線が嬉しい。誰かのではなく、サタの視線が。

シャワーを浴びて身だしなみを整える。白のワイシャツに黒のスラックス。黒い上着はソファの背にかけて、コーヒーを淹れた。

起き出して、いつものチェアに腰掛けたサタにカップを渡す。

「これはなんだ？」

テーブルの上のアメジストを指さしてサタが問う。

「サタさんの瞳に似てるなあって思って、買っちゃった。アメジストって誠実とか高貴って石言葉があるんだって。お店の人が言ってた」

他にも「覚醒」というのもあるらしい。劫にとってアメジストの瞳は覚醒の象徴だ。

「ふん、こんな石っころと我の瞳を一緒にするな。……店の人間と話をしたのか？」

二万円を爪弾きにされて、劫は慌てて救出する。

「最近、たまに話をしてくれる人がいるんだ。サタさんのおかげで封印が緩んだからでしょ」

「封印、解いてやり直すか……」

サタはブツブツ言いながら思案している。

「俺はこのままでいいよ。封印が解ける頃には、いろいろいいようになってるんじゃないかな。それにこれは、お父さんの最期の贈り物だから」

少しでも長く一緒にいたい。劫はそっと胸に手を当てた。

「昔の親友に、それもいない奴に嫉妬するとは……」

「嫉妬なんてしてくれるんだ？　へえ。なんかすごく嬉しい」

劫は笑う。幸せすぎて怖いなんてことを、自分が知る日が来るとは思わなかった。今日も葬儀の予定があるのに、ニヤニヤしてしまいそうだ。それも多くの人は気にしないのだろうけど、自分はちゃんとしていたかった。

大きな意味で劫も周りのことを気にしていない。諦めて、赦して、そのうちに自分は自分という割り切りが生まれた。誰にも評価されないからといって、自分を無理に歪める必要はない。

「物の数に入っていないおまえだから、受け入れる気になったのかもしれないな」

サタがボソッと言った。

「それ、なにげにひどいこと言ってると思うんだけど」

確かに自分はイレギュラーな存在で、本来ならいない人間だ。人間だと断言するのも難しい。だけど、ここにいる。息を吹き込まれたからには、引き取るまでは生きる権利があるはず。これまでその権利を行使する意欲はなかったけど、今はぎりぎりまで行使する気満々だ。

「ひどいことを言われているのに、なぜ笑っている？」

「それは、サタさんが笑ってるからじゃない？」

この先もずっと楽しかったり幸せだったりするわけじゃないだろう。わかっているけど、命が果てるまでめいっぱい生きると決めた。

――生きるよ。生きたいんだ。

劫は胸に手を当てて、心の内に向かって言った。

「天使と人間のハーフって、寿命どれくらいなんだろうね？」

ふと気になって問いかける。

「ふむ。そこをどうにかすればいいか。掛け合ってこよう」

悪魔はニヤリと笑って立ち上がった。

「いいよ。運命任せも悪くない気がする」

「だからおまえは……もっとあがけ」

「うん。サタさんと離れなきゃならない時はね、あがくよ。全力で」

劫はサタに抱きついた。大した腕力もないが、ぎゅっと抱きしめる。離さないという気持ちを伝える。

強い腕に抱きしめ返されると、劫の中から孤独が消えた。

孤独は孤独によって相殺《そうさい》され、劫は意図せずして人の夜を救うことになった。闇には明かりが灯され、人々は当たり前のように安心の夜を過ごす。

誰にも感謝されることはなかったが、劫はひっそりと幸せに包まれていた。

終

自分の部屋の中に、悪魔がいて、猫がいる。不思議な光景。

いや、猫がいるのは普通だ。しかし、その猫が実は天使となると、この部屋には自分も含めて生粋の人間がいないということになる。

「劫、その猫はなんだ」

悪魔は唐突に現れて、劫の膝の上を指さして殺気を放った。

悪魔の殺気なんて、下手すれば当てられて死んでしまう人間だっているかもしれない。しかし顔にブチのある白猫は、平然と劫の膝の上で丸くなっている。

「なんだって……詞栄だけど？」

「詞栄だけど？　じゃない。その邪猫《じゃねこ》を膝に乗せるな、撫でるな」

「邪猫って……」

劫にはサタがなにを怒っているのかよくわからなかった。猫は猫だ。膝の上にいるのは至極正しい。

詞栄が自分のことを好きだと言ってくれるのは嬉しいし、サタとのことも承知の上で来てくれるのだから、拒否する理由は見つからない。

「みゃーみゃみゃー」

詞栄がサタに向かってなにかを言った。その言葉が劫にはわからない。

今の詞栄はどこにでもいるただの猫だ。神にいろいろと懺悔した結果、この姿にされたらしい。劫としては猫であっても友達で、そばにいてくれるのは嬉しかった。

ただの猫でも知能や記憶はあるので、キーボードを打ったりすれば会話することは可能だ。時間があれば意思の疎通が図れるのだが、ポンポンと会話するのは難しかった。

悪魔には猫の言葉がわかるらしく、サタは詞栄の声を聞いてスッと目を細めた。

「どうやら死にたいらしい」

詞栄の首根っこを掴んで、劫から取り上げる。

「わ、待って待って、詞栄は俺の大事な友達なんだからっ」

取りすがったが、またしても窓から放り投げられてしまった。

「わーっ！」

劫は慌てて窓の下を見下ろす。今日はちゃんと眼下に白い姿があった。みゃーみゃーと、かなりご立腹の様子だ。どうやら詞栄は猫の姿の方が感情を露にできるらしい。いや、サタに対してはいつもあんな感じだったたか。

「なにすんの、サタさん」

「おまえが友達だと言うから、投げるだけにしてやっただろう。今なら礼を言ってもいいぞ」

そう言って窓を閉めてしまう。

「投げなくてもいいでしょ」

「ふん」

サタも最近は受け答えが人間じみてきた。子供じみてきたというべきかもしれない。でもそれが劫は嬉しかった。

言い合うのは楽しい。普通の会話にずっと飢えていた。相手が人間じゃないなんて些細なことだ。

「どこに行く？」

「どこって、詞栄のところに……」

言った途端にサタの腕に捕らえられ、強引にキスされた。

「行ったらあの猫、本気で殺すぞ」

吐息で囁かれ、劫はあっさり降参してしまう。

行かないのが詞栄のため……だが、なんだか詞栄に申し訳ない。ちょっと嬉しいと思ってしまったのだ。独占欲に胸をときめかせた自分が後ろめたい。

「俺の一番は、いつでもサタさんだよ。二番目でいいって言ってくれる詞栄を追い払わないで。俺、友達いなくなっちゃうから」

そう言うのが詞栄へのせめてもの詫びだった。

「二番目も友達も必要ない。魔界に連れていくぞ？」

「いや、それは……ごめんなさい」

「住めば都という、いい言葉があるではないか、この国には」

「そこにはさすがに魔界は入ってないと思う」

見てみたい気持ちがないわけではないが、さすがに住むのは恐ろしい。サタがいればどこでも天国だが、できるなら人界にいさせてほしかった。サタが魔界行きを強要しないのは、たぶんペイルのようなのがたくさんいるからだろう。

「ほら、窓を開けるから蚊《か》が入ってきたじゃない。こんな季節に……」

まだ春だ。蚊が出てくる季節にはかなり早い。しかし耳元をブンブン飛ぶその音は、蚊以外に考えられなかった。

耳の横で手を振って払う。が、しつこくまとわりついてくる。そういえば、今まで蚊にまとわりつかれることもあまりなかった。蚊も魂の波動を感じるのだろうか。そして、蚊にも敏感なのがいるのだろうか。

「蚊、だと？」

サタは体を離し、ブンブン飛んでいるそれを凝視する。

「潰せ。遠慮せずに殺せ」

腕組みをして、蚊にまで殺気を放っている。それはいくらなんでもやりすぎだろう。

頬にその蚊が止まり、劫は叩こうとしたのだが、「遅い！」と、サタの怒号と同時に、頬の上でなにかが弾けた。

「あっぶね！　てめ、ふざけんな！」

ガラの悪い声がして、遅れて姿が現れた。

「ふざけているのはおまえだろう。死ね」

「ペイル……」

どうやら悪魔は変幻自在で、蚊にだってなれてしまうらしい。血と血が交われば契約は成立すると言っていたが、蚊になんてなられたら防ぎようがない。

「意思確認のない契約に効力はない。この阿呆はただ面白がっているだけだ」

「そ、そうなんだ……」

契約はすでにサタと結んだ。有効なのかどうかはよくわからないが、上書きできてしまったら困る。

「あなたが戻ってこない間に私が魔界を牛耳《じゅうじ》る！　と、宣言しに来ただけだから。せいぜい長生きしろよ、半端もの。それからペイルって呼ぶな！」

最後に捨て台詞を叩きつけてペイルは消えた。

「あ、ありがとう……」

一拍遅れて礼を言ったが、ペイルの耳に入らなかっただろう。

「なんの礼だ、それは」

「いや、長生きしろって言うから……。あ、魔界を牛耳られたら、サタさん帰るところがなくなっちゃう？」

ペイルの宣戦布告など、劫の耳にも子供の虚勢くらいにしか聞こえなかったのだが、もしかしたら実はすごい奴なのだろうか。

「馬鹿な。あいつごときに魔界が牛耳られるわけもない。気にせず長生きしろ」

「うん、ありがとう」

やっぱりそうかと、ホッとして今度はサタに礼を言った。

「だから礼を言うなと何度言えば……」

サタが溜息をつき、劫はニコニコと笑う。

すべてが楽しくて仕方なくて、最近は笑ってばかりだ。その腕に抱きしめられればまた嬉しくなって、口づけられれば幸せで、より一層自分が真っ白になっていく気がした。

「本当に不味そうだな、おまえは」

それがサタなりのわかりにくい愛情表現だとわかる。

「本当は白いの、好きなんでしょ？」

「……食い物でなければな」

サタは苦笑し、認めた。しかし、静かに降ってきた口づけは、すべてを喰い尽くそうとするかのように濃厚だった。

「俺は魂だけになってもサタさんが好きだから……ちゃんと食べてね」

「我は美味いものしか喰わぬ」

そんなやり取りが幾度となく繰り返され、二つの魂は寄り添ったまま、長い永い時が流れる。

未来永劫——闇の中に光は灯り続けた。

おわり

あとがき

こんにちは。ルナノベルズさまでは初めまして。李丘那岐《りおかなぎ》と申します。

このたびは「悪魔と」お買い上げいただきありがとうございます。

タイトル通りの悪魔ものです。当初の予定と変わっていないのは、それと受けの職業くらいかもしれない、というくらい内容が変わってしまいました……遠い目。

実に、難産でした。悪魔の呪いかな……神の祟りかな……などと思ったりもしましたが、いやいや偏《ひとえ》に己の力不足でございました。

悪魔さんがなかなか恋に落ちてくれなくて。十万六六六歳（推定）は伊達じゃない。

でも悪魔さん、けっこう好きキャラです。何万年生きようと、恋をしちゃったら関係なーい！　んだと、百年も生きていない私が勝手に認定いたしました。でもきっと、そうだと思うんです。そうだったらいいなーと思うんです。老いらくの恋なんて可愛いものです。

ということで、本文は恋愛賛歌（？）なわけですが、現実には締切地獄でございました。

苦しんだのは私よりも、編集さま、イラストレーターさまはじめ、校正さまなど携わってくださった皆さまだったことでしょう。

悪魔のような私で本当にすみませんでした。初めてなのに優しくできなくてごめんなさい。深く深く反省しております。

イラストの角田緑《つのだりょく》先生には、ほんまもんの地獄を見せてしまい、申し訳ございませんでした。なのに私だけ、カラーイラストを見せていただいた瞬間に天に昇ってしまいました。悪魔……素敵。劫《こう》……可愛い。たまらん。だけど、ラ族でごめんなさい。

最短で最高のプロのお仕事、見習わなければ。心から、ありがとうございました。

この本の発行にご尽力賜りましたすべての方に、お詫びとお礼を申し上げます。

初めてが優しくできなかった攻めも、たいがい二度目には反省して、優しく甘々になるものです。だからどうか二度目がありますように。リベンジできますように。(締切的な意味合いで)

読んでくださったあなたに少しでも楽しい時間を提供できたなら、すべての苦労は報われるのですが……どうでしょう。もし気が向いたら感想などいただけると嬉しいです。

それではまた、なにかのお話であなたにお目にかかれることを、心から悪魔に願いつつ――。

二〇一二年　梅の香漂う晴れの日に……

李丘那岐

ルナノベルズ既刊案内

法医学教室の美女と野獣

うえだ真由 *illust* 金ひかる

わけあって臨床医を諦め法医学者になった久住明紀。不規則で多忙な生活のストレス解消にヴァイオリンを勧められ、顔見知りの刑事・倉持幸臣からレッスンを受けることになった。人間不信で毒舌家の明紀にも笑顔で接する幸臣に、大人しくて扱いやすいヤツだと舐めていたのだが、師弟関係が逆転した途端、態度が豹変。「倉持先生と呼べ」意地悪な笑みで、明紀を見下ろしてきた！　幸臣の思わぬ下剋上に二人の仲は険悪。……だけど喧嘩するたび、どんどん距離は縮まって——!?

ルナノベルズ既刊案内

快楽に弱いのは男の性

未必の恋 －BREAK IN－

妃川 螢 *illust* 水貴はすの

捜査一課の刑事・緒ヶ瀬が、難事件に挑むとき、コンビを組むのは法医学者でもある科捜研の特別捜査官・御室。初めはインテリ然とした男に反感を覚えていた緒ヶ瀬だが、御室の志に触れ、次第に信頼すべき相棒へと変わっていく。そして、ともに事件を追ううち、二人は身体を繋ぐオトナの関係に。御室としては心も奪いたいのだが、その気持ちは緒ヶ瀬になかなか通じない。そんなとき、緒ヶ瀬が父とも慕う元刑事が爆弾で殺害される事件が発生し……!?

ルナノベルズをお買い上げいただき
ありがとうございます。
この作品に対するご意見、
ご感想をお待ちしております。

〒173-8558　東京都板橋区弥生町 77-3
株式会社ムービック　第６事業部
ルナノベルズ編集部

LUNA NOVELS
悪魔と

著者　李丘那岐 ©Nagi Rioka 2012
発行日　2012年4月6日　第1刷発行
発行者　松下一美
編集者　梅崎　光
発行所　株式会社ムービック
〒173-8558 東京都板橋区弥生町 77-3
TEL 03-3972-1992　FAX 03-3972-1235
http://www.movic.co.jp/book/luna/

ISBN 978-4-89601-836-3 C0293
Printed in JAPAN